PAULO NASCIMENTO

Chama a Bebel

2024

Chama a Bebel

Copyright © 2024 by Paulo Nascimento

1ª edição: Janeiro 2024

Direitos reservados desta edição: CDG Edições e Publicações

O conteúdo desta obra é de total responsabilidade do autor e não reflete necessariamente a opinião da editora.

Autor:
Paulo Nascimento

Preparação de texto:
Equipe Citadel

Revisão:
Flavia Araujo

Projeto gráfico e arte-finalização de capa:
Jéssica Wendy

Fotos da capa:
Edson Filho

Capa (cartaz do filme):
Eduardo Vilela Design

Criação da marca:
Alice Nascimento e Laura Salvaterra

Preparação das imagens dos personagens:
Aline Dávila

DADOS INTERNACIONAIS DE CATALOGAÇÃO NA PUBLICAÇÃO (CIP)

Nascimento, Paulo
  Chama a Bebel / Paulo Nascimento. — Porto Alegre : Citadel, 2024.
  160 p. ; il.

  ISBN 978-65-5047-255-9

  1. Literatura infantojuvenil 2. Meio ambiente 3. Sustentabilidade I. Título

23-6435   CDD 028.5

Angélica Ilacqua - Bibliotecária - CRB-8/7057

Produção editorial e distribuição:

contato@citadel.com.br
www.citadel.com.br

Agradecimentos

Às equipes da Accorde Filmes, Paris Filmes e Citadel, que tornaram possível que esta história fosse contada neste livro e no cinema.

A todo o elenco do filme aqui representado em imagens: Giulia Benite, Gustavo Coelho, Pedro Motta, Sofia Cordeiro, Antônio Zeni, Flor Gil, José Rubens Chachá, Flávia Garrafa, Rafa Muller, Larissa Maciel, Marcos Breda, Evandro Soldatelli, Arthur Seidel, Luisa Sayuri Bele Rezzadori e todos os demais envolvidos nesta história.

A Ricky Hiraoka, pela colaboração no roteiro e pelas ideias, muitas delas também presentes no livro.

Introdução

CHAMA A BEBEL é aquele tipo de história necessária, como disse a atriz Giulia Benite, a Bebel do filme, um dia. É necessário falarmos sobre temas que são não para o futuro, mas para o presente. Não é só a nova geração que vai sofrer com o jeito antigo de encarar os problemas ambientais, de sustentabilidade de um mundo que se enche de lixo a cada dia. Todos nós que estamos vivos vamos pagar caro pela falta de atenção a esses temas. Daí um livro e um filme como CHAMA A BEBEL vêm para ser uma gota no oceano de uma nova postura perante a vida, perante o mundo, mas uma gota necessária.

Em que mundo viveremos no ano que vem? O que fazemos para evitar a caminhada em direção à catástrofe? Tudo passa por respostas em todas as áreas. Separar o lixo, falar com as pessoas, ter empatia, repelir atitudes preconceituosas; tudo isso forma um combo que vai nos levar a um mundo não perfeito, mas em que todos possam ter um mínimo de paz para seguir em frente. Cheguei a ouvir frases como: "A garotada não está ligada em temas como esses...". Aí pergunto: Que garotada? Até os que não pensam podem ter a chance de começar a pensar. Os que pensam, e são bem mais do que muita gente imagina, sabem que mudanças de atitude não são algo para deixar para depois. É agora, hoje, após ler o livro, ver o filme; é chegar em casa e dizer para si:

CHAMA A BEBEL

"Vou fazer diferente porque já está provado que o que vem sendo feito vai nos levar para o caos". Assim, chegamos a este livro e filme. CHAMA A BEBEL é para todos nós que acreditamos que a hora chegou, o chamado veio, e vamos responder, assim como Bebel.

Capítulo 1
Bebel

A parede do quarto de Bebel é repleta de fotos, recortes de revistas em que aparece uma garota com casaco amarelo, de capuz. Os textos são, em sua maioria, em inglês, francês ou sueco. A garota das fotos é Greta Thunberg, a jovem ativista sueca que luta pela defesa do meio ambiente, por um mundo sustentável. No cabide, junto à porta da saída, um casaco amarelo, de capuz – igual ao das fotos –, quase um uniforme para Bebel com seus catorze anos. O mundo de Bebel, até então, é sua casa, onde vive com a mãe e o avô, às margens de uma pequena rodovia do interior do Brasil. Ali fica a famosa Lanchonete do Seu Juca, pequeno estabelecimento da família que fica junto a um posto de gasolina. O nome? Auto--homenagem ao avô de Bebel. Ele fundou a lanchonete e decidiu modestamente usar o próprio nome. Deu certo.

❀ ❀ ❀

As rodas da cadeira de rodas de Bebel andam sobre a terra no pátio em frente à lanchonete. Com seu casaco amarelo, ela brinca fazendo alguns movimentos "arriscados", mas que demonstram o quanto domina sua cadeira/companheira desde que era bem pequena. Bebel sempre gostou de embalar-se para a frente e para trás, desafiando as leis da gravidade.

Ao fundo, Seu Juca, na porta da lanchonete, olha para ela.

Bebel olha para o ambiente ao redor, familiar de toda sua vida, enquanto seus pensamentos insistem em falar, como uma voz interior que sempre a acompanha.

Desde que lembro de mim, estive nessa cadeira de rodas, mas essa é a primeira e última vez que vou falar nisso.

Em um momento mágico (e que acontece muito com Bebel), ela se imagina caminhando em volta da cadeira de rodas. Seu olhar acompanha o movimento girando ao redor da cadeira.

Sabem por que não vou falar? Porque se eu andasse eu continuaria sendo a mesma pessoa. Duvidam? Tenho minhas dificuldades, mas aposto que faço o que qualquer um de vocês faria. Sou in-de-pen-den-te! Então esse não é o tema, certo?

Mariana, mãe de Bebel, vem de dentro da lanchonete e chega até Seu Juca carregando uma pequena mala. Os dois olham em direção a Bebel. Os olhos de Mariana mantêm o controle das lágrimas que insistem em surgir diante da cena que veem. Mariana entrega a mala para Seu Juca.

– Põe na caminhonete, por favor, pai. Vou buscar a outra mala.

Seu Juca pega a mala e leva até a carroceria de uma velha picape azul.

Mariana vai para o interior da lanchonete ainda olhando para a filha. Bebel continua na cadeira, girando sobre si mesma.

O "tema", o "drama" dessa história começou há pouco mais de trinta dias... com uma decisão inevitável...

✿ ✿ ✿

Trinta dias antes, Bebel, a mãe e o avô estavam reunidos ao redor de uma mesa de jantar. A mãe fala carinhosamente enquanto pega a mão de Bebel.

– Esse dia ia chegar, filha. Você precisa continuar estudando.

Bebel olha para a mãe e o avô. Sim, ela sabia que esse dia chegaria, mas tentou fingir que era só um sonho, ou melhor, um pesadelo que agora se materializava com uma data certa para acontecer. Um mês para embarcar para a cidade grande.

Meu ciclo na escolinha perto da minha casa acabou. Só na cidade agora, e isso significava morar com minha Tia Marieta...

Bebel fala com cuidado, escolhendo as palavras. É uma última tentativa.

– Mãe… não tem como… você ficar comigo na cidade? Nós duas em um quartinho só, aí o vô nos busca na sexta.

Mariana se emociona.

– Filhota, nossa vida nunca foi fácil, mas a gente sempre foi feliz. Você é uma garota que me orgulha muito. É independente, corajosa…

Bebel demonstra resignação. Seu Juca se levanta e vai até a janela. Tenta disfarçar a emoção. Na cabeça de Bebel tudo anda a mil.

"Independente"… sei que sou, mas às vezes…deixa pra lá.

– Eu entendo, mãe. É só mais uma etapa da vida. Não é assim que você e o vovô falam? Vamos lá, não se preocupa, não vou dar trabalho.

– Pode ser difícil no início, mas você vai se adaptar! A Marieta tem uma casa enorme... – tenta agradar o avô.

Mariana olha para o pai como quem diz "não exagera".

– Se bobear você vai até esquecer a gente e querer morar com ela pra sempre!

Diante da pseudopiada de Seu Juca, Bebel tenta forçar um sorriso, mas não consegue.

O avô e a mãe se olham.

– Eu... tô com um pouquinho... um "poucão" de medo de mudar tudo. De ficar longe de vocês.

Mariana faz uma expressão diante do exagero da filha e vai até Bebel.

– É só de segunda a sexta, aos sábados você já vai estar aqui com a gente de novo.

Seu Juca se aproxima e procura ajudar.

– Quando ficar triste, se sentir sozinha, pensa naquela menininha de quem você tanto gosta, a...

– A Greta?

– Essa! Imagina quando ela tem que enfrentar um batalhão de gente na frente dela, como você me mostrou no seu celular?! E ela enfrenta, não?

Bebel sorri. Mariana olha para o pai e também sorri.

O que não tem solução solucionado está, sempre disse meu avô.

Voltamos ao dia em que a história começa e Bebel continua na cadeira de rodas, embalando-se no seu ritmo vaivém enquanto olha para a tela do celular. Para as fotos de Greta

Thunberg e de protestos organizados por ela. Bebel tenta buscar um refúgio no aparelho para fugir da realidade que terá de enfrentar dali em diante. Melhor saber da Greta do que da Tia Marieta.

Bebel é despertada por Seu Juca, que chega carregando um trevo-de-quatro-folhas na mão. Ele se abaixa e fica bem perto do rosto da neta.

– Lembra sempre, minha garota. O "amuleto da sorte" que seu avô lhe deu. Leva com você e olha pra ele quando precisar de força.

Bebel sorri e segura o trevo que o avô lhe entregou.

– Ninguém é melhor do que ninguém, minha neta! Não se esqueça disso!

Bebel coloca o capuz amarelo e conduz a cadeira de rodas em direção à caminhonete.

Em pouco tempo a velha picape se desloca pela estrada.

Seu Juca dirige, com Bebel sentada entre ele e Mariana, que está na janela. Seu Juca e Mariana têm expressões tristes. Bebel olha para um e para outro.

Um pouco mais de estrada e Bebel olha em uma direção e vê algo que a deixa apreensiva. É um lixão a céu aberto, onde aves, a maioria urubus, sobrevoam em círculos um monte disforme de resíduos que poderiam ser reciclados, reutilizados, mas que, por descaso da população, foram parar ali.

Capítulo 2
Chegando na zona de guerra

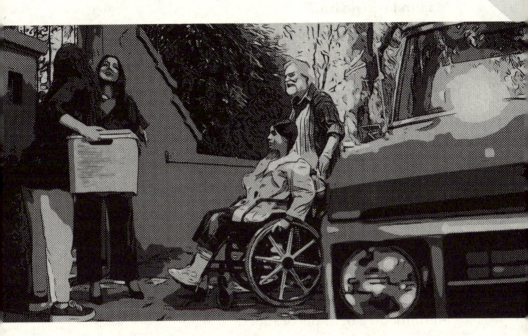

A caminhonete entra pela cidade, que parece sempre algo estranho para Bebel; não consegue se acostumar com um horizonte tão curto, já que da sua casa ela pode ver o horizonte muito além da estrada.

Eles chegam à casa da Tia Marieta, que já os espera no portão.

– Mas vejam só quem chegou! Não tô acreditandoooo!

Essa expressão um tanto exagerada é, logicamente, da Tia Marieta. Uma pessoa com pouquíssimo filtro, como diz a mãe de Bebel. Que fala e depois corre atrás das palavras para ver se fazem sentido. A fama da titia é grande e nada positiva.

CHAMA A BEBEL

Bebel está em sua cadeira na frente da porta da casa. Ela olha de baixo para cima.

Seu Juca tira as malas da caminhonete enquanto Mariana dá um beijo na irmã.

O avô, com as malas nas mãos, olha para Bebel e faz sinal de que Marieta é doida. Alheia a tudo, Marieta continua:

– Paizinho do meu coração!!!

Ainda no clima de exagero, Marieta abraça Seu Juca.

Bebel tem os olhos na pequena escadaria que leva da rua para o pátio da casa. Ela olha para o avô, que aponta em direção ao portão da garagem.

– Pela garagem. Ali não tem escada.

Bebel começa a se dirigir até lá. Marieta olha para Mariana, sem perceber a situação.

A falta de noção da tia continua ao entrarem na casa. Ela leva Bebel, a irmã e o pai até um quarto grande, bem--iluminado e bem-decorado.

– Olha, filha! Que quartão! – Mariana tenta animar a filha, que não está para sorrisos.

Bebel conduz a cadeira para dentro do quarto.

Marieta fala quase sem perceber:

– Ainda bem que temos esse quarto no térreo, senão… como é que ia ser?

Seu Juca e Mariana, obviamente, demonstram não gostar do comentário.

Bebel parece entender, a cada segundo, o mundo que terá pela frente naquela casa.

A Tia Marieta nunca foi até a lanchonete e, nas vezes que Bebel veio à cidade com a família, sempre foram visitas

14

rápidas, com no máximo um café. Agora não. Era viver ali com a "titia sem noção".

Algum tempo depois, Bebel anda com sua cadeira pelo corredor e para próximo à sala. Ali, os três adultos conversam. Bebel está em um lugar onde não pode ser vista por eles.

– Eurico super entendeu! Não é favor nenhum. Fiquem tranquilos que levo a Bebel na escola amanhã, acompanho ela em tudo, vai dar tudo certo. Sinto falta de quando fazia isso com o Beto.

Beto é o primo de Bebel, muito fechado e considerado estranho pelos colegas, amigos e pela própria família. *Dá pra entender perfeitamente*, pensou Bebel.

Bebel sempre gostou do tio Eurico, mas, ao mesmo tempo, sempre percebeu que ele é dominado pela Tia Marieta. *Aliás, quem não é?*, reflete.

Seu Juca e Mariana se olham após o comentário amável de Marieta.

– E o Beto? – questiona Seu Juca.

Marieta responde instintivamente.

– Sei lá eu do Beto, pai! – Então corrige-se ao perceber o mau humor da fala. – Ah, o filhinho já tem a vida dele, né?

Seu Juca fica triste, pois sabe o quanto está distante do neto.

– Queria tanto dar um beijo no meu neto. Eles crescem e se esquecem da gente...

– Pai! – repreende Mariana.

Seu Juca inspira fundo.

– Tá certo, tá certo, chega de drama por hoje! Então podemos ir. Não podemos deixar a lanchonete fechada muito tempo.

Assim, a hora que Bebel tanto temia chegou: a despedida.

Seu Juca e Mariana dentro da caminhonete. Bebel na sua cadeira de rodas, no alto da pequena escadaria. Marieta junto a ela, as mãos nos ombros da sobrinha. Os olhares de mãe e filha se cruzam com tristeza.

– Vou ser uma "mãe" para essa garota – diz Tia Marieta, sem nenhuma convicção.

O olhar entre Bebel e Mariana continua fixo, um tanto brilhante por uma lágrima que por ali chega para dizer que a vontade é zerar tudo, levar a filha para casa e esquecer que precisam se afastar por causa da escola, do futuro, da vida.

Seu Juca, como cúmplice secreto daquele momento doloroso, demora para arrancar com a caminhonete, mas a cumplicidade não pode ser infindável. Ele arranca, e Bebel seca uma lágrima que agora está liberada para escorrer.

O próximo passo é se fechar no quarto e esperar o dia amanhecer, o primeiro dia de aula.

Capítulo 3
O novo mundo

Após uma noite em que Bebel foi sobressaltada por sonhos que ela não conseguia distinguir de onde vinham e o que queriam dizer, o dia finalmente amanhece.

Nervosa com o primeiro dia de aula, Bebel ainda precisa enfrentar o café da manhã com Tia Marieta. Tio Eurico, para infelicidade de Bebel, está viajando e retorna à noite. É rezar para Beto estar no café.

Não. Ele não está.

Bebel toma café acompanhada apenas de Marieta, que está entretida no celular. Bebel tenta se integrar ao ambiente da casa que, no caso, era a titia sem noção ali na sua frente.

– Ainda não vi o Beto, tia.

– Betinho é muito estudioso. Já saiu cedinho! – responde Marieta sem tirar os olhos do celular.

Agora ela encara Bebel e fala em um tom nada amistoso.

– Olha só, Bebel. Hoje vou te levar para ensinar o caminho, mas não se acostume, tá? Não estou sendo paga para ser sua babá e você vai ter que se virar sozinha na cidade grande.

– Fica tranquila, tia. Sempre fui muito independente! – responde Bebel, tentando se afirmar na situação.

– Sei… conheço essas "independências". Sempre sobra pra mim. Afff…

Assim acabou o café da manhã de duas estranhas que eram parentes muito próximas, mas não pareciam ser tia e sobrinha.

O próximo passo não era menos aterrorizante para Bebel: a escola.

Tia Marieta realmente acompanhou Bebel, porém até o limite do portão da escola. Lá, ela empurrou a cadeira de rodas da sobrinha, como quem joga uma caça aos leões.

As rodas da cadeira andaram sozinhas em função do impulso da titia sem noção.

Bebel era agora alguém sozinha, em meio a um grupo de colegas que ela não tinha a menor ideia de quem se tratava. Estava diante de um prédio clássico que perdia toda a beleza, no conceito de Bebel, em função da gigantesca escadaria a sua frente. Bebel ainda ouviu a Tia Marieta dizer ao fundo:

– Bye, querida.

As dificuldades começavam com a escadaria, mas Bebel sabia que o maior desafio vinha após aqueles degraus. A dificuldade de uma escola nova onde todos estavam integrados havia anos, e ela, a "caipira" nova, era quem chegava para enfrentar o novo mundo.

E agora estou eu aqui. Numa escola desconhecida sem ninguém para eu perguntar nem onde é a sala de aula, nem se tem alternativa para a escada.

Bebel só conseguia pensar no avô, falando em seu tom paternal:

– Quando ficar triste, se sentir sozinha, pensa naquela menininha que você tanto gosta. Imagina quando ela tem que enfrentar um batalhão de gente na frente dela, como você me mostrou no celular?! E ela enfrenta, não?

Sim. Bebel sabia que era hora de desbravar o mundo e provar que ela tinha vindo ali para ser relevante, para fazer sentido, para fazer a diferença. Ela tinha coragem para isso, por mais que fosse incomodar e desagradar muita gente. Não tinha vindo ao mundo a passeio.

– Bora começar um novo tempo na vida.

Bebel é despertada por Zico, um garoto que está um tanto deslocado como ela. Ele já está ao lado dela sem que ela tenha percebido, e fala olhando para a escadaria que Bebel também encara.

– Não se preocupe. Olha ali.

Bebel olha surpresa para o colega.

– Vem comigo – ele prossegue.

Bebel se desloca com a cadeira de rodas, seguindo Zico. Ele aponta para um canto, junto a uma parede lateral de cor laranja e rosa que adorna a entrada da escola. Ali existe um elevador específico para uso com cadeiras de rodas que leva para o piso ao qual Bebel precisa ir.

Zico pega o controle, ligado a um cabo, e mostra a Bebel o elevador descendo e subindo.

– Como não tenho muito o que fazer no intervalo, eu resolvi praticar. Sou craque na operação do elevador, pode contar comigo sempre.

Bebel, ainda muito surpresa com a recepção e objetividade do novo colega, sorri e agradece. Não esperava alguém tão legal já ali, no primeiro dia de aula.

– Muito obrigada. Fico aliviada. Estava apavorada com aquela escada e minha tia que veio me trazer não me falou nada e…

Zico interrompe a fala de Bebel, apontando a mão em sinal de cumprimento.

– Você é a colega nova, né? Eu sou Zico.

Bebel o olha e imediatamente vem à sua mente a frase: *"Parece que eu não estava mais sozinha…"*

Era o primeiro momento, um tanto assustador até, naquele novo mundo, mas começavam a surgir "vozes do bem". Bebel sempre foi otimista e não deixaria de ser diante das adversidades. Estavam ali. Ela e Zico.

Bebel leva a mão em direção ao rapaz.

– Sou Bebel.

Os dois se cumprimentam.

– Você também tá no primeiro ano, certo?

Bebel sorri e responde à pergunta anterior que foi a que mais interessou para ela.

– Tá tão evidente assim que sou a novata do colégio?

Agora é a vez de Zico rir da frase da nova colega. Mal sabe ela no que ele se baseia para que a presença de Bebel seja "tão evidente".

– Aqui todo mundo se conhece desde sempre, sabe? Então, não tem como passar despercebido… – Era a justificativa mais singela e sincera que Zico poderia dar naquele momento.

– Eita… Espero que a galera esteja aberta a novas amizades! – responde Bebel, olhando o ambiente ao redor.

– Sobre a galera eu não posso responder, mas eu tô!

Bebel sorri.

– Bom ouvir isso… Zico.

Zico não entra muito no clima de Bebel. Imediatamente dá a real dentro do seu conhecimento da realidade da escola.

– Só não espera muito desse povo, não. Tem muita gente metida aqui. São raros os "legais" como eu.

Os dois caem na gargalhada. Ele começa a apontar para um grupo de meninas e meninos que conversam animadamente espalhados pelo pátio da escola com seu prédio clássico e de aparência severa, como se fosse (e era) de outro século.

Aliás, o prédio foi o que impressionou Bebel desde o momento em que a tia sem noção lhe "jogou" para dentro do pátio e disse o "simpático" *bye*.

Zico começa a centrar seu foco em um grupinho formado por quatro meninas muito bem arrumadas, demais até para uma manhã na escola: Rox, Aninha, Gabi e Marcinha, todas com quinze anos.

– Aquelas ali se acham as donas do colégio. Só porque a Rox, aquela lá, ó, é filha de um ricaço da cidade!

O grupo de garotas percebe que Zico aponta para elas e reagem com indiferença, forçando a sensação de que ele não existe, mas, no fundo, estão interessadíssimas no que ele pode estar comentando com aquela menina que nunca haviam visto antes.

Zico sussurra ao ouvido de Bebel.

– Elas se sentem superfamosas só porque têm dez mil seguidores no Instagram! Metade deles comprada direto da China!

Bebel ri da piada maldosa de Zico.

Eles seguem pelo pátio observando tudo.

Zico aponta dois meninos conversando: Guga e Paulinho, quinze anos. Dois garotos que forçam o ar de descolados, tipo a gravata do uniforme amarrada na cintura etc. etc.

Os dois riem muito e Bebel fica imaginando do quê. Devem ser amigos de longa data. Zico já dá a ficha da dupla.

– Esses são os garotos por quem as garotas piram: Guga e Paulinho. O Guga já namora a Rox!

Bebel começava a mapear o mundo novo que teria ao seu redor. Até então, tudo parecia bastante interessante. Até então...

Zico aponta Beto, dezesseis anos, cabelos descoloridos, fones de ouvido, ar mais *outsider* do que qualquer um ali naquele ambiente.

– E aquele esquisitão ali é o Beto. Ele vai estudar com a gente! Tá repetindo de ano pela segunda vez e já se envolveu num monte de tretas por pichar paredes por aí! Doidão.

Bebel se irrita com a frase de Zico e reage.

– Ei! Não chama ele de esquisito. Beto é meu primo!

Zico fica sem graça. Como iria imaginar essa coincidência? Mesmo que pensasse exatamente aquilo que falou, não queria magoar a nova colega.

– Foi mal, foi mal, Bebel. Desculpa mesmo aí, é que o Beto... o Beto faz parte da mesma turma que eu: "os sem amigos".

Bebel volta-se para Zico e fala com firmeza, com a liderança nata que carrega desde sempre.

– Sinto muito, Zico, mas você e Beto não fazem parte dessa turma aí, não.

Zico encara Bebel sem entender o que ela quer dizer. Teria ficado magoada pela fala do primo? Bebel o surpreende com um largo sorriso.

– Agora nós três vamos formar uma turma: "os que não estão nem aí para o que os outros pensam". Acabou o gueto. Seremos "os autênticos" desta escola.

– Uauuu! Olha essa garota chegando já com toda a força! Adorei.

Bebel se volta na direção de Beto, que está sentado na escadaria olhando para o celular desde o momento em que chegaram ali. Ela fala alto, chamando sua atenção.

– Primo! Primoooo!!

Beto desperta do seu mundo. Levanta lentamente e vem até ela e Zico.

– Como assim você não me disse que a gente ia estudar na mesma sala?

Beto tenta sorrir para Bebel. Sempre na sua introspecção, parece pouco à vontade com a presença da prima.

– É… parece, né?

– Procurei você no café da manhã, mas parece que você nem mora naquela casa.

– Eu fico mais no meu quarto. Saí sem tomar café. Mas tô de boa. E você? Curtindo o lugar?

Bebel olha ao redor.

– Muito linda essa escola. Esse prédio. Arquitetura e… o Zico aqui, já meu primeiro amigo.

Zico olha sorrindo para Beto. Batem a mão um no outro.

– É... o Zico é dos poucos que dá pra conversar aqui. O prédio pode ser bonito, a escola, mas é todo mundo um bando de babacas – complementa Beto.

Antes que Bebel fale alguma coisa, o sinal toca e todos começam a entrar.

Zico e Beto seguem com Bebel até o elevador de cadeira de rodas.

Ela entra com a cadeira e sinaliza para os dois.

– Agora podem ir. Vou no meu tempo.

– Mas a gente pode ajudar a...

– Valeu, valeu – Bebel o interrompe –, mas vão pela escadaria vocês que vou por aqui e nos encontramos todos na sala de aula, já tenho o número aqui.

Bebel aponta para a própria cabeça. Zico e Beto se olham e não discutem com a garota. Obedecem e vão em direção à escadaria.

Capítulo 4
A sala de aula e os enfrentamentos

Bebel entra na sala de aula. Todos chegaram antes e ocuparam seus lugares. Há a natural algazarra de primeiro dia de aula.

Bebel está na porta da sala e seu olhar se dirige para o Professor Denis, cadeirante como ela.

Os dois se olham por um segundo. Professor Denis sorri e ela retribui. Sem nenhuma palavra, os dois expressam a cumplicidade. O professor indica, com um gesto delicado e suave, o lugar de Bebel. Uma mesa que já espera por ela, na

CHAMA A BEBEL

primeira fila, com um tamanho um pouco maior, adaptada para quem usa cadeira de rodas como ela.

Por coincidência ou não, Beto e Zico sentam muito próximos a ela.

No outro lado, Guga, também na primeira fila, seguido de Paulinho no lugar imediatamente atrás dele.

Uma fileira depois, Rox, na primeira fila, seguida de Aninha, Gabi e Marcinha.

Os lugares já demonstravam as turmas formadas, pensou Bebel.

O Professor Denis sorri e chama a atenção de todos.

– E então, turma. Muito feliz de ver todos vocês aqui, novo ano, nova vida, novos desafios, e é com muito prazer que quero dizer que temos uma nova colega para começar nosso primeiro ano. Maria Isabel dos Santos.

Todos olham em direção a Bebel, que demonstra estar feliz de estar ali, de poder compartilhar sua emoção de continuar estudando, mesmo em um lugar onde ela precisa decifrar tudo. A primeira amostra já havia sido ótima. Conhecer Zico e reencontrar o primo Beto.

Bebel olha para toda a turma, virando levemente a cadeira de rodas e, sorrindo, diz:

– Podem me chamar de Bebel.

O professor também sorri. Ela continua falando em direção à turma com um sorriso estampado no rosto.

– Bom… eu sou a Bebel, tenho quinze anos.

Bebel é interrompida por Rox, que senta também na primeira fila. A tal "filha do dono da cidade", como disse Zico.

– Todos nós temos quinze anos.

A expressão de Rox é a antítese da de Bebel. Ao invés da simpatia, Rox é o retrato da "antipática do momento". Ela faz questão de demonstrar isso.

Guga, seu namorado, entra no clima, fazendo com que a turma toda caia na gargalhada.

– Menos o burro do Beto, que tem dezesseis e todo ano repete!

Apesar do riso geral, Beto não dá a mínima para o comentário. Já o Professor Denis não deixa barato:

– Olha o respeito com o colega, Augusto! Aqui não existem "burros ou inteligentes", existem alunos começando o ano e cada um vai provar a que veio. Bebel, pode continuar, por favor.

– Morei sempre com minha mãe e meu avô a umas duas horas daqui, na beira de uma rodovia...

Enquanto Bebel fala, vê detalhes da expressão dos colegas, demonstrando suas características: alguns interessados, outros irônicos, outros indiferentes.

– Vim para cá porque minha escola não tem todas as séries.

Rox cochicha com Aninha:

– Estão aceitando caipiras nesta escola...

O professor sente o clima gerado por Rox e alguns risinhos ao longo da turma e interrompe a apresentação de Bebel, buscando impedir algum constrangimento já no primeiro momento do ano.

– Obrigado, Bebel. Alguém mais quer falar?

Rox levanta a mão.

– Fale, Rochane.

A turma toda ri. Rox fica irritada, mas se controla. Se tem algo que a irrita é ser chamada pelo nome de nascimento. Para ela só existe Rox, e ouvir seu nome é quase uma provocação. Será que o professor não tinha mesmo essa intenção?

Independentemente dos risos de toda a turma, Rox não perde o ar de superioridade ao fazer sua pergunta.

– Professor, o nível das nossas aulas não vai cair para que a novata que veio de outra escola possa acompanhar nosso ritmo, né?

A turma reage ao comentário, fica um burburinho.

Professor Denis dirige-se até Rox e fala com segurança:

– Fique tranquila, Rochane. Pelo histórico escolar da Maria Isabel, muita gente vai ter que correr atrás para chegar ao nível dela!

Não satisfeita, e totalmente sem noção, Rox faz mais um comentário, agora já em cunho de preconceito explícito.

– Ainda bem que são os outros que vão ter que correr atrás, porque "correr", pelo jeito, não é com ela.

A frase foi tão pesada que nem mesmo Aninha, Marcinha e Gabi, as "fiéis escudeiras", as *súditas*, como são chamadas, reagiram. Todas se fecharam, pois sentiram que Rox passara do ponto. O silêncio é quebrado por Beto, que reage lá da fileira encostada na parede.

– Olha lá como você fala com a minha prima, Rochane!

– Prima? Ser esquisito é de família, então? – devolve Rox.

Professor Denis intervém imediatamente. É um primeiro dia de aula que promete. O ano não vai ser nada calmo.

– Rochane! Peça desculpas ou você vai começar o ano com uma visita na diretoria.

Rox esbanja antipatia novamente e fala em um tom farsesco.

– Desculpa, gente! Esqueci que agora a gente não pode mais falar o que pensa. É errado ser sincero!

– ROCHANE! – fala o já muito irritado Professor Denis.

Bebel, que até então havia tido menos de um minuto para processar tudo que estava acontecendo, ou seja, entender o ambiente em que estava entrando e o veneno destilado por Rox – que ela já havia entendido que seria uma inimiga –, voltou-se para a colega e falou em tom duro:

– Ser sincero não é errado, Rox. Errado é ser preconceituoso! Não posso correr, mas faço muitas coisas que outras pessoas não conseguem!

Bebel olha para o professor em sua cadeira de rodas. Os dois sorriem em cumplicidade. Ele fica feliz de perceber que a aluna nova não é daquelas que "leva desaforo para casa". Rox também sentiu com quem iria lidar. *Um excelente começo*, pensou o professor.

– Bom, turma. Nosso ano inicia hoje e já tenho um trabalho em grupo para vocês.

Os alunos reagem. A maioria reclama. O burburinho aumenta.

– Gente, vocês nem sabem o que vou propor e já estão reclamando?

– Trabalho em grupo no primeiro dia de aula, *profe*! Tá de brincadeira! – reclama Guga.

– Não estou de brincadeira, Augusto. Estou aqui para vocês entenderem que estão nesta classe, nesta escola que é cara para a maioria dos pais de vocês, para estudar. Aprender. Conteúdos e vida. Se eu não fizer isso estarei sendo negligente com o esforço de cada um de vocês e de suas famílias.

A fala surtiu efeito. Todos se calaram e esperaram a determinação do professor.

– Então é o seguinte: quero que vocês se reúnam em grupos para pensarem em alguma iniciativa que melhore a qualidade de vida dos moradores de nossa escola, da nossa cidade! Alguma coisa prática! Entenderam?

Todos se olham.

– Qualquer coisa? – pergunta Paulinho, sentado logo atrás de Guga.

– Qualquer coisa que tenha a ver com a melhoria da qualidade de vida dos moradores da cidade.

Gabi, animadíssima, levanta a mão.

– Eu já tenho uma ideia, Professor! Se essa cidade fosse cenário de um reality show, todos nós ficaríamos famosos e nossa vida seria bem melhor! Vou pensar num formato de reality show. Sou uma gênia!!!

Ela mesma bate palma para si.

– Eu posso apresentar? Por favorrr! – pede Aninha, voltando-se para Gabi.

– Claro, amiga! Eu só vou dirigir, roteirizar, produzir e montar.

A turma toda inicialmente se olha, depois começa a rir da sugestão de Gabi.

– Gabriela. Vocês precisam pensar em iniciativas que façam a diferença na vida de todos! Um reality show não seria isso, certo? – fala ponderadamente o Professor.

– Por que não, Professor? As pessoas chegam ao reality e saem ricas e famosas. Existe algo melhor que isso?

Professor Denis, munido de toda a paciência do mundo, coça a cabeça e fala para a empolgada aluna:

– Existe, Gabi. E é isso que você vai descobrir ao fazer este trabalho.

Bebel levanta a mão.

– Professor, a proposta é que a gente pense em ideias sustentáveis?

– Exatamente, Bebel!

O alívio do professor por ouvir uma voz que tenha entendido o sentido do seu enunciado é visível. Por outro lado, Rox cochicha para Gabi, Marcinha e Aninha, imitando a voz de Bebel.

Aninha, Marcinha e Gabi riem.

– Um reality não pode ser sustentável? – pergunta Gabi para as amigas, que dão de ombros.

Bebel começa a se animar mais ainda com a temática do trabalho.

– Tem muita coisa legal e simples que a gente pode fazer para viver em um mundo melhor.

– Esse é o objetivo. Podem se dividir em grupos! – diz o professor.

Rapidamente, todos os alunos se reúnem em grupo. Bebel, Zico e Beto sobram. Eles olham um para a cara do outro. Riem e batem com a mão um no outro.

O sinal bate.

Capítulo 5
Degraus, degraus e degraus

No intervalo, no pátio, Bebel está um pouco afastada porque está testando seus limites com a cadeira de rodas.

Ela vê um pequeno degrau no próprio pátio e tem dificuldades de ultrapassar.

Professor Denis chega até ela.

– Lá de onde você veio não existiam tantos degraus, né?

Bebel sorri.

– Não. Eu tinha mais domínio de tudo.

O professor olha para o degrau.

– Sabe o que a gente faz com isso?

CHAMA A BEBEL

Ele impulsiona a cadeira e, em um gesto ágil, ultrapassa o obstáculo.

Bebel olha para o professor e sorri.

– Acho que não estou preparada ainda. Para tantos obstáculos.

– Olha, garota. Pelo que vi nessa primeira aula, você está muito mais que preparada. Você é uma líder que essa turma estava precisando. Conheço bem a galera. Já dei aula para eles e finalmente chegou alguém que vai fazer a diferença. Agora a Rox não vai poder reinar sozinha com suas reações preconceituosas e sempre seguida pelas "súditas".

– É muito cedo ainda pra analisar tudo isso, não acha, professor?

– Não acho. É só olhar para você para saber que os obstáculos é que se cuidem.

Os dois riem e batem com a mão fechada um no outro.

✿ ✿ ✿

Ainda no pátio, Bebel se aproxima de Zico e Beto, pensamento ao longe. Ela pensa no lixão que avistou no caminho da sua casa até a cidade, na caminhonete do avô.

Beto e Zico olham para a ela à espera de uma ideia que parece estar surgindo em sua cabeça.

– Pelo que pesquisei na internet, esta cidade não tem um sistema de reciclagem de lixo, e o pior, nossa escola manda um monte de lixo pro aterro sanitário.

Beto fica desinteressado. Como se o tema que a prima começa a falar fosse algo que realmente não fizesse sentido.

36

– E...?

Bebel olha para Zico, que também não parece convencido e fala:

– Ô, Bebel. Ninguém se importa com lixo!

– Aí que está o problema. Todo mundo deveria se importar com lixo, em pensar como reutilizar o que é descartado. Ou a gente muda nossos hábitos ou a gente não vai ter onde viver...

Zico e Beto não demonstram gostar da conversa. Zico acha um jeito de cair fora educadamente.

– Vou buscar alguma coisa pra comer. Ninguém vai em nada mesmo?

Beto sinaliza que não e Bebel tem uma maçã na mão. Mostra para Zico.

Ficam Bebel e o primo.

– Tô muito feliz que a gente está estudando junto. Nosso avô vai adorar a novidade. Ele sempre fala que sente saudade de você, mas vocês nunca vão visitar a gente...

Beto continua não muito interessado na conversa.

– Você sabe como minha mãe é, né?

– Acho que Tia Marieta não vai muito com minha cara...

– Ela não vai muito com minha cara também.

– Mas é sua mãe!

– É, né? Mas vive reclamando de tudo sobre mim. Se dependesse dela, eu seria um desses garotos que só quer saber de futebol e falar das garotas. Ela não entende que meu lance é outro.

Bebel olha para o primo.

– E qual é seu lance, Beto?

CHAMA A BEBEL

– É arte, Bebel. Arte urbana, eu… eu preciso me expressar e isso parece incomodar muito a minha mãe.

A conversa de Bebel e Beto é interrompida por uma confusão que toma conta do pátio: é uma briga entre Zico e Guga. Bebel se aproxima.

– Que é isso, gente?!

– Sai daqui que esse assunto não tem nada a ver com você. Meu namorado está só me defendendo.

Beto e Paulinho separam Guga e Zico. O estrago, porém, está feito: Zico está com um pouco de sangue no lábio.

– Isso foi para você aprender a não falar mais mentira por aí! Otário! – grita Guga.

– A verdade incomoda, né? – responde Zico.

Guga tenta partir para cima de Zico, mas é contido por Paulinho, Gabi e Aninha, que fala firme com Guga.

– Para com isso, garoto! Quer levar uma suspensão no primeiro dia?

Rox se aproxima de Zico.

– Melhor pensar duas vezes antes de abrir essa boca mentirosa, Zico! Da próxima vez, conto tudo pro meu pai e você que aguente as consequências!

Zico fica tenso com a ameaça. Rox volta-se para Guga.

– Vem, meu gatinho, vou dar um jeito nesses machucados.

Rox e Guga se afastam. Bebel se aproxima de Zico e Beto.

– Zico, o que foi isso? Por que vocês brigaram?

– Melhor deixar para lá, Bebel!

Zico se afasta. Bebel encara Beto.

– Nem olha pra mim. Não tenho ideia do que rolou...

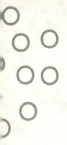

Capítulo 6
A rotina

Longe dali, na lanchonete, junto ao posto de gasolina onde Bebel viveu a vida toda, Seu Juca ajuda a lavar a louça enquanto conversa com a filha Mariana.

– Ai, pai, estou com uma saudade dela…

Seu Juca olha no relógio.

– A essa hora ela deve estar terminando o primeiro dia de aula.

– Ainda bem que a Marieta vai buscar a Bebel – diz Mariana.

Seu Juca faz ar de quem não acredita tanto assim.

❀ ❀ ❀

CHAMA A BEBEL

Na escola, Marieta está lá, mas não para buscar Bebel e sim para conversar com a diretora. Marieta está tensa.

– Essa é a última chance que vamos dar para o Beto. Ele é inteligente, mas sempre se mostra pouco interessado em aprender...

Marieta controla a vergonha e tenta se justificar.

– A fase de rebeldia do Beto passou, diretora. Conversamos e o Beto prometeu que não vai mais pichar nada por aí...

– Quem sabe se agora que a Bebel também está estudando aqui, Beto não fica mais sociável? Bebel é inteligente, comunicativa...

Marieta não gosta do que ouve, mas tenta disfarçar.

– Minha sobrinha é bem esforçadinha, mas nada supera a inteligência do Beto.

– Acho que Bebel vai ser uma boa influência para ele. Hoje eu até vi o Beto interagindo com colegas no intervalo...

Marieta fica esperançosa, animada.

– Com quem Beto conversava? Com a Rox?

– Não. Com o Zico e com a Bebel...

Marieta desaba em desapontamento. Não esperava essa resposta. Ou pior. Talvez tivesse certeza de que essa seria a resposta.

– Ah... Garanto para a senhora que esse ano o Beto não vai dar trabalho nenhum! Vocês vão conhecer outro garoto!

– Sim.

A resposta da diretora não inspira muita confiança.

Nesse momento, na escadaria ao lado, Aninha passa quase correndo por Rox, Marcinha e Gabi.

– Que é isso, Aninha??

Ela se volta para as garotas, quase sem fôlego.

– Desculpa, gente, mas eu tô feliz. O meu pai veio me buscar, vocês acreditam??

Antes que respondam, Aninha já foi.

Rox fica olhando fixo na direção da amiga. Com um ar de tristeza. Ela fala quase que só para ela ouvir.

– Se um dia meu pai viesse me buscar na escola, acho que eu também ia correr de felicidade, mas…

Gabi e Marcinha olham para Rox.

– O que foi, Rox? – pergunta Gabi.

– Nada. Não falei nada. Vamos, gente.

❀ ❀ ❀

Em meio ao movimento da garotada indo para casa, Bebel, em sua cadeira de rodas, segue pela rua rindo e falando com Zico.

Rox, Gabi e Marcinha passam por eles.

Rox olha em direção a Bebel e joga propositalmente um chiclete no chão, que cai ao lado da cadeira de rodas de Bebel. As garotas riem exageradamente e Rox adora a plateia.

– Tem gente "sem noção" que joga chiclete na rua em vez de no lixo – reage Bebel.

Num gesto de provocação, Rox tira outro chiclete que está mascando e joga no chão. Apoia-se na cadeira de rodas e fala muito próximo a Bebel.

– Espero que o mundo não acabe por isso…

– Mas você é uma porca, hein, Rochane! – Zico vai direto ao ponto.

– "Uma porca" não faria isso – diz Bebel.

Laurinha, uma das garotas da escola que observa a cena, em apoio a Bebel, se abaixa, pega os dois chicletes e joga numa lixeira. Rox ignora.

– Por que você tá implicando comigo, Rox? A gente nem se conhece direito!

Rox chega até o ouvido de Bebel e cochicha.

– Só estou mostrando para você quem manda aqui! "Embaixadora das boas causas!" Se toca, garota!

Rox se vai rindo entre as duas garotas e Bebel fica olhando na direção que ela foi.

Beto passa apressado por eles.

– Primo, você tá indo pra casa?

– Agora não. Tenho umas paradas para resolver. Fui!

Beto sai correndo. Bebel não entende o motivo. Olha para Zico, que sorri.

– Teu primo não te contou que ele faz trabalho voluntário todas as tardes? Por causa das pichações que ele fez nos monumentos da cidade?

Bebel faz um sinal negativo com a cabeça.

– Pelo jeito, sei mais da sua família que você.

Zico começa a conduzir a cadeira de Bebel pela calçada.

Os dois olham em direção a um outdoor em que se vê um homem de terno, com um largo sorriso e um certificado na mão. O texto: "Jorge Vieira e Castro – o homem de negócios do ano".

Zico olha para Bebel.

– É o "papi" da Rox.

Bebel balança a cabeça compreendendo a situação. O poder estava diante dela e ela havia enfrentado a filha do poderoso. Para uma garota inteligente como Bebel, o cenário já estava montado e não viriam flores pela frente.

– O que você falou sobre a Rox e o pai dela que fez o Guga bater em você?

Zico reage indignado.

– Bater não!! – Muda o tom. – Só falei o que todo mundo sabe, mas ninguém tem coragem de falar. – Zico indica o outdoor.

– Mas o que ele faz de tão ruim? Além de ser o "dono da cidade"?

Bebel ri da própria frase.

CHAMA A BEBEL

– Esquece essa história… Posso te contar um segredo?

Os olhos de Bebel brilham. Se tem coisa que ela ama é um bom segredo.

Capítulo 7
Conhecendo Zico melhor

A algumas quadras dali, junto a uma bela praça arborizada, Zico e Bebel olham com ternura para um cão vira-latas.

– Então esse é seu segredo, Zico?

Zico dá um comando e o cachorro se aproxima. Ele põe a guia na coleira do cão.

– Esse é o Medroso, Bebel.

– "Medroso"?

Zico começa a conduzir a cadeira de rodas de Bebel.

– É, esse cachorro é tão corajoso, tão destemido, que resolvi dar esse nome pra ele não ficar tão convencido, entende?

Bebel olha para o cão.

— E o seu cão anda de boas na rua?

— Ele não mora comigo.

Bebel olha em direção a Zico, tentando entender.

— O Medroso mora na rua, ele prefere a liberdade. Eu só boto a guia de vez em quando, pra ele não ficar tão... arrogante. É muita coragem em um cachorro só. Nunca vi nada igual.

Bebel perde a paciência.

— Qual é, Zico?!! Qual é a real? Esse cachorro não é seu, é?

Zico para. Abraça o cão que está ao lado dele.

— Claro que é. Meu pai e minha mãe não me deixam ter um cachorro em casa, então eu adotei ele, entende?

Bebel vê que ele é sincero no que diz.

— Um dos motivos por que botei essa coleira é pra que os "assassinos" não peguem o Medroso, mesmo que ele tenha essa coragem incrível, sabe como é?

— Os assassinos, os...?

— Esquece esse assunto, Bebel!

— "Esquece esse assunto", "esquece essa história", qual é, Zico? Não fala nada completo??

Não muito longe dali, ainda no caminho da escola, Rox segue com suas "súditas", Marcinha e Gabi.

— Aquela Bebel se acha a salvadora do mundo, viram isso?

– Ai, Rox! Será que não é melhor a gente conhecer a menina primeiro antes de começar a julgar? – questiona Marcinha.

– E a gente já não conheceu o suficiente? Com esse discursinho de "salve o planeta", "papinho politicamente correto", não vai demorar muito para ela transformar nossa escola numa chatice sem fim…

Marcinha e Gabi se entreolham. Gabi questiona.

– E o que você vai fazer para impedir isso?

– Nada! Não dou um mês para ela voltar para a roça… A cidade não foi feita para ela.

Rox aponta a calçada sem nenhuma rampa de acessibilidade.

– Tem muitos degraus…

Cai na gargalhada. As duas garotas se olham constrangidas, mas, como sempre, não têm coragem de reagir. Rox é a rainha sem contestação.

✿ ✿ ✿

Zico e Bebel chegam até a frente da casa da família de Beto. A imponência da casa impressiona, pois Eurico, como ele mesmo diz, trabalhou duro para dar aquele conforto para a família. Zico olha por um tempo pensando no tamanho daquela casa e o quanto o amigo Beto é infeliz ali. Algo não bate bem…

Mas o tema é outro, como Bebel gosta de dizer.

CHAMA A BEBEL

– Você sabe quantos amigos eu tive da primeira série até hoje na escola? Nenhum. Só o Medroso – diz Zico de forma casual.

Bebel sorri.

– Ainda bem que eu me mudei para cá!

Zico sorri também. Era uma grande verdade que tinha acontecido na vida dele em tão pouco tempo. Aquele novo ano prometia.

Zico para ao lado da cadeira.

– Tchau, Bebel. E vê se não comenta com ninguém que Medroso é meu cachorro, tá? Não quero problemas com meus pais!

– Eu esqueço se você prometer que vai participar de verdade no nosso trabalho de escola!

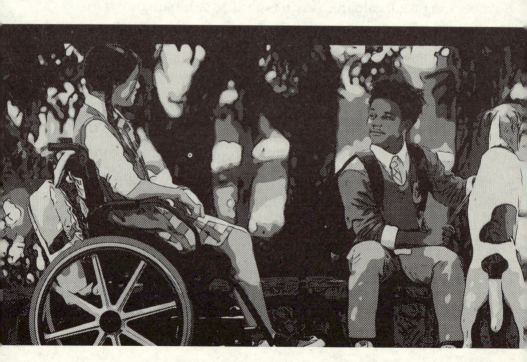

Zico ri e encosta-se no muro lateral da casa.

– Golpe baixo esse, hein!

Bebel enche o peito para falar com todo seu orgulho.

– Na luta para viver num planeta melhor, vale tudo, amigo!

Bebel sorri e conduz a cadeira pela garagem, para dentro da casa da tia. Sempre uma dificuldade porque acessibilidade jamais foi algo pensado pelo arquiteto que construiu aquela casa gigante, mas ok, Bebel estava preparada para isso.

Zico sai quase saltitando, carregando Medroso pela guia. Fala com ele se aproximando do ouvido do cão.

– Você viu, Medroso? Tem quem goste do seu amigo aqui.

Capítulo 8
Convivendo com Tia Marieta

Bebel anda com sua cadeira pelo corredor que leva à sala de jantar. Ouve uma discussão entre Marieta e Beto ao longe. Lentamente ela vai se aproximando sem querer ser notada. Chegar no meio de uma briga familiar nunca é uma boa ideia.

Bebel para com a cadeira para ouvir a conversa.

– Você sabe a vergonha que eu senti, Paulo Roberto? Você imagina como eu me senti quando a diretora elogiou a sua prima que mal chegou na escola e não falou um "a" de bom sobre você?

CHAMA A BEBEL

Beto não responde. Sentado com a cadeira virada ao contrário, apoiado junto à mesa, ele olha para um ponto fixo para não precisar encarar a mãe.

– Qual é o seu problema? Por que você não consegue mostrar para todo mundo que é inteligente? Quer ser ofuscado por uma caipira que não teve acesso a dez por cento do que você teve? Foi para isso que te criei?

A paciência de Beto com a mãe começa a diminuir.

– Menos, né, mãe! Olha o jeito que você fala da Bebel.

Ao fundo, no corredor, junto à janela, Bebel fica triste ao ouvir as palavras de Marieta. Ao mesmo tempo, ouvir o primo defendê-la é sinal de que é possível conviver naquela casa estranha. Estava empatado, pensava ela. Marieta continua quase aos gritos.

– Você tem tudo para se destacar: é um menino bonito, quer dizer, se usar umas roupas decentes e tirar essa tinta dos cabelos, fica bonito. É culto, mas ninguém vê uma qualidade em você. Todo mundo acha que você é um marginal que só quer saber de pichar as coisas por aí!

– Já falei que não é pichação. É grafite. Arte urbana!

– Ah, não! Arte quem fazia era Van Gogh, Renoir… não esse lixo que vocês fazem.

Beto abaixa a cabeça, não quer mais discutir com a mãe.

– Quer ser artista? Eu pago aulas particulares para você aprender a pintar, desenhar umas paisagens, fazer retratos, uns vasinhos, uns potes… figuras que a gente veja e entenda o que é, não aquele horror que você pintou nas paredes do seu quarto. Aff.

Beto sobe o tom.

– Você não entende nada!

Marieta revida de forma corporal. Parte para cima do filho e fala apontando o dedo em sua direção. Bebel, ao fundo, ainda escondida, reage como se a reprimenda fosse para ela.

– Você que não entende, Paulo Roberto. Você é um mimado que faz ar de rebelde. Você não sabe nada do mundo e, em vez de ouvir sua mãe, que tem experiência, vivência, fica aí dando uma de *bad boy*.

Beto desiste de insistir. Dona Marieta era uma parada intransponível. Essa era a verdade.

– Posso ir? – diz Beto, já aos gritos.

– Vai! Vai se trancar no quarto! É só o que você sabe fazer. Vai para aquele horror de rabiscos, ambiente insalubre que é seu covil.

Beto levanta de imediato. Desaparece da varanda. Quando Marieta vira-se, dá de cara com Bebel, que tentava se ocultar no corredor em direção ao quarto. A tia surge no corredor, olha para ela com ar fechado, e não fala nada. Bebel tenta ser simpática e querida diante daquele momento tenso.

– Adorei a escola, tia. E já estou me localizando bem na cidade!

Marieta ignora a sobrinha. Fala com os olhos secos, diretos no olhar de Bebel, que tenta não se assustar com aquela expressão.

– Daqui a uma hora eu sirvo o jantar.

❁ ❁ ❁

CHAMA A BEBEL

Jantar em família, agora com a presença do Tio Eurico. Clima tenso. Beto só olha para o prato.

Marieta não disfarça o desconforto com aquela situação. Filho calado, marido distante, sobrinha tentando ser agradável, mas uma estranha no ninho, na sua concepção. Eurico finge que nada vê em relação à esposa. Bebel tenta quebrar o climão.

– Obrigado, tio, por me receberem aqui na casa de vocês.

Eurico sorri e fica feliz com o que a sobrinha diz.

– Nada, Bebel. Vai ser um prazer ajudar você, sua mãe, seu avô. Esta casa imensa precisava de mais gente e você veio para nos trazer mais alegria, tenho certeza.

Marieta faz um ar de desdém.

– "Mais alegria"... É bem assim. Eu que sou a parente de sangue e ela agradece ao Eurico.

Bebel tenta se corrigir rapidamente.

– Obrigado a você também, tia. Estou muito feliz de estar aqui e de estudar na mesma sala do Beto.

Bebel olha para o primo, que não reage. Olha somente para o prato e come lentamente, demonstrando incômodo.

– Vocês estão na mesma turma, então? – anima-se Eurico.

– Esqueceu que seu filho repetiu duas vezes? Bebel alcançou o Beto! – devolve Marieta.

Eurico continua na sua *good vibe*. Pelo menos tenta.

– Quem sabe agora com sua ajuda, Beto se anima a estudar mais, não é, Bebel?

Bebel sorri. Fica feliz com a deferência do tio. Anima-se.

– A gente já está até fazendo um trabalho em grupo, né, Beto?

Beto não responde. Continua no seu mutismo.

– O nosso grupo já tem uma ideia! Vamos criar um biodigestor na escola.

Marieta entra na conversa como se tivesse sido despertada por aquele momento.

– Cruzes! Que é isso?

Bebel explica na esperança de que a tia venha para o lado dela.

– É um jeito de transformar o monte de lixo orgânico que esta cidade produz em gás pra usar na cozinha da escola e em fertilizante pra usar nas hortas.

– E quem aqui tem horta, menina??

Bebel olha para Beto e para o tio, demonstrando surpresa pela reação da tia, mas continua insistindo.

– Não temos, mas as pessoas das comunidades perto da escola podem ter e a gente vai ajudar nisso.

Eurico decide entrar no circuito e ajudar Bebel.

– Eu acho uma excelente ideia! Muito bem, Bebel.

Marieta larga os talheres e sobe o tom.

– Gente do céu... mexer com lixo! Você não se mete nisso, Paulo Roberto. Chega de lixo, pelo amor de Deus.

Beto levanta os olhos do prato pela primeira vez. Encara o pai e a mãe.

– Com lixo não posso mexer, mas o pai pode fazer o que faz no trabalho dele, né?

Climão. Todos se olham. Eurico paralisa. Alguém será o primeiro a falar, mas ninguém quer reagir. Beto continua:

CHAMA A BEBEL

– Conta para a Bebel, pai, a covardia que fazem no laboratório...

Marieta bate a mão na mesa. Os limites haviam sido ultrapassados na sua visão do momento naquela casa.

– Olha a petulância, Paulo Roberto! Respeita seu pai e respeita o trabalho dele que é o que coloca comida no seu prato.

Eurico fica constrangido. A frase do filho o acertou em cheio. Bebel tenta entender e fala com certa ingenuidade para o momento.

– Por que todo mundo tem medo de falar do laboratório?

Marieta fuzila com os olhos a sobrinha sentada a alguns centímetros.

– Larga de ser futriqueira, Maria Isabel!

Bebel recolhe-se. Beto sente-se mais fortalecido e discursa:

– O laboratório testa cosméticos em animais, Bebel! A cidade inteira sabe disso, mas ninguém faz nada! Foi por isso que o Zico e o Guga brigaram na escola! O Zico chamou o pai da Rox de assassino de cachorro.

Bebel fica horrorizada. Já não tem mais receio da reação da tia. Decide falar o que pensa.

– Coitados dos bichinhos. Isso é muita crueldade! Nos países desenvolvidos, as empresas usam...

Marieta interrompe Bebel com um gesto que mistura ódio com poder. Era ela a dominadora da mesa e não deixaria barato.

– Acorda, garota! Você não tá na Suíça, não! Isso aqui é Brasil. Tem um monte de cachorro sem dono na rua. Esses animais precisam ter uma utilidade, sabia??

Bebel não se intimida.

– Tia, mas a senhora acha isso certo?

– Queria que o laboratório do Jorge testasse os produtos em quem? Em gente? Graças ao pioneirismo do Jorge ao criar esse laboratório é que a cidade progrediu...

– Mas qual foi o custo desse progresso? A morte de quantos animais? – quase implora Bebel, por uma resposta que fizesse sentido.

Marieta chega ao limite da paciência. Aponta em direção ao interior da casa.

– Vai para seu quarto, Maria Isabel! Não aguento nem filho meu respondendo, não vou aguentar filho dos outros que vive de favor na minha casa, e mais, isso é invenção deste povinho mal agradecido desta cidade. Quem já viu um cachorro sendo maltratado na empresa do Jorge? Digam!

Beto olha para Eurico, que fica ainda mais constrangido. Tenta intervir e fugir do olhar do filho.

– Marieta!

– Tô cansada, Eurico. Eu tô fazendo um favor para minha irmã e essa menina fica sendo malcriada, propagando essas mentiras que inventam na cidade.

Bebel, ciente da sua condição naquela casa, baixa o olhar e fala com humildade.

– Desculpa, tia! Só queria conversar! Queria contar que existem maneiras mais sustentáveis para progredir...

Marieta olha nos olhos de Bebel.

– Quando alguém pedir sua opinião, você dá. Vamos combinar assim? Agora vai para seu quarto! Vai!

CHAMA A BEBEL

Bebel movimenta a cadeira de rodas e se retira da mesa indo em direção ao corredor. Beto também se levanta.

Antes de sair, olha para a mãe.

– "Mentiras que inventam na cidade?". Como você tem coragem de falar isso, mãe?

Beto se retira enquanto Marieta se depara com o olhar de Eurico em direção a ela. Ele balança levemente a cabeça em desaprovação.

✿ ✿ ✿

Deitada na cama, Bebel está pensativa. Decide fazer uma ligação de vídeo. A mãe e o avô atendem com toda a ansiedade do outro lado. Era como se ela estivesse longe há vinte anos. Eles não queriam perturbar, mas precisavam saber da garota que amavam tanto.

– Filhinha! Tudo bem por aí?

Na pequena tela do celular a imagem de Bebel é um conforto para Mariana e Seu Juca.

– Como foi o primeiro dia de aula? – Seu Juca entra na conversa das duas.

Bebel sorri e fala com a convicção que pode no momento.

– Foi melhor do que eu esperava!

Todos "forçam" a convicção para se sentirem melhores.

– Fico tão feliz de ouvir isso! – diz Mariana.

Bebel aproveita o embalo e engata um assunto que lhe interessa.

– Mãe! Vô! Quero que me falem uma coisa. O que vocês sabem do laboratório desse tal de Jorge pra quem o Tio Eurico trabalha?

60

Mariana e Seu Juca se entreolham. Seu Juca tenta desconversar.

– Por que você pergunta, Bebel? É para algum trabalho da escola?

– Porque o Beto disse que eles usam animais em testes de cosméticos. Tia Marieta ficou furiosa.

Mariana e o pai se olham. Agora Mariana tenta argumentar.

– Iiih, nem toca nesse assunto aí, Bebel. O Jorge não é dono só desse laboratório. Ele é dono de um frigorífico, de uma rede de supermercado, de farmácias...

Seu Juca complementa:

– Eu nunca fui com a fuça dele. Nem quando ele namorava a Marieta eu gostava desse sujeito...

Bebel anima-se na cama. Acabara de ouvir algo que não imaginava.

– Ele namorou Tia Marieta?

Mariana sente a gafe que seu pai acabou de cometer. Bate com o cotovelo nele, que tenta mudar de tom, mas não convence.

– Há muito tempo, mas... foi sim.

Seu Juca decide que não é hora de esconder a verdade.

– Depois que a Marieta levou um pé do Jorge, ela nunca mais foi a mesma. Nunca aceitou.

Alguém bate na porta do quarto de Bebel. Ela se apressa para desligar.

– Gente! Preciso desligar. Amo vocês!

– Filha! Filha...!

A mãe ainda tenta protestar, mas ela desliga. Bebel fala em direção à porta.

– Pode entrar.

Beto entra no quarto. Não deixa de ser uma surpresa para Bebel ver o primo ali, àquela hora da noite. Sinal de que ele realmente precisava falar algo.

Beto chega calmamente como se estudasse cada passo a dar no quarto da prima. Senta próximo aos pés da cama e fala de forma lenta e objetiva.

– Não liga para as grosserias da minha mãe, Bebel. Ela é de mal com a vida mesmo.

Bebel, sem entender exatamente o porquê de ele ter ido àquela hora para falar sobre isso, entra na conversa.

– Tá tudo certo, primo. Eu não ligo.

Bebel percebe que é o momento de entrar no tema que realmente lhe interessa.

– Mas me fala o que você sabe sobre esse laboratório.

Beto se esquiva. Já não tem mais aquela energia apresentada na mesa junto aos pais.

– Sei o que todo mundo sabe: que o laboratório ainda testa perfumes e cosméticos em cães, mas eles negam.

Bebel está mais assertiva que ele.

– Beto, se isso for verdade, a gente tem que dar um jeito de libertar esses cães e fazer eles pararem com esses testes.

– Não sei se quero mais confusão pro meu lado... O seu "lance" não era lixo? – diz, tentando achar uma saída para encerrar o assunto.

Bebel quase explode com ele. Fala alto e com toda a certeza do mundo.

– É vida, Beto. É lixo, é poluição, é defesa dos animais, é viver num planeta legal, sem discriminação. Humano! Já que a gente é ser humano, sabia??

Beto fica sem graça. Tenta se defender.

– Tááá, não precisa ficar furiosa! Calma, Bebel! Você às vezes é meio pavio curto. Eita.

Bebel não se intimida com a reação do primo. Continua com sua certeza.

– Eu não aprendi só a ser independente. Aprendi a não conviver pacificamente com o que está errado.

Beto percebe que Bebel está repleta de razão.

– Tá, mas o que você tá pensando em fazer?

A expressão de Bebel diz tudo. Ela tem um plano.

Capítulo 9
É preciso fazer algo

O plano revelado por Bebel, no seu quarto, começava a se materializar no outro dia, na biblioteca da escola – segundo Bebel, o único lugar que Rox e sua turma não frequentavam.

Segundo dia de aula e Bebel já sabia muito, ou pelo menos o suficiente para "sobreviver" em um ambiente totalmente novo como era aquela escola.

Bebel está reunida com Beto e Zico. A reação de Zico é de quem está muito assustado com o que foi proposto por Bebel.

– Bebel, você tá maluca! Não vou participar de nenhuma investigação sobre o laboratório do pai da Rox. É perigoso! Você não tem noção! – protesta.

Bebel continua insistindo, apesar da reação inicial contrária e assustada do colega.

— Perigoso, mas necessário, Zico! Pensa que pode ter centenas de cachorros como o Medroso lá!

Beto ouve algo que lhe chama a atenção.

— Quem é Medroso?

Zico fuzila Bebel com o olhar. Ela não deveria ter falado sobre o segredo dos dois. Meio desconcertado, Zico tenta justificar.

— Eu! Eu sou medroso e não quero fazer parte desse plano maluco!

Zico aproveita a irritação da gafe de Bebel, levanta-se e se afasta rapidamente pelos corredores da biblioteca.

Bebel e Beto se olham. Ela vai firme ao ponto:

— Não vai dar pra trás, hein, primo!

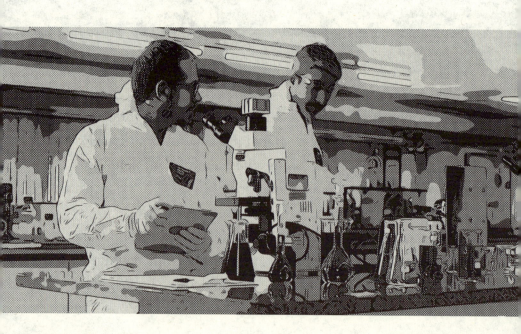

Beto busca mostrar determinação. Ele gosta do plano e não vai desistir por causa da reação de Zico.

– Tô fechado com você, prima! Não tem erro!

Bebel parece buscar inspiração nas paredes repletas de livros. Algo virá para salvar o seu plano.

– Tive uma ideia: por que você não pede para seu pai arranjar uma vaga de estagiário no laboratório?

– Mas eu vou fazer o que lá? – reage Beto.

– Qualquer coisa! Toda espionagem precisa de alguém infiltrado pra conseguir informações sobre o alvo de investigação! – afirma Bebel, como se soubesse tudo daquilo.

Beto está desconfortável com as ideias que não param de brotar na cabeça da prima.

– Você inventa de espionar o laboratório e o trabalho sobra pra mim!

– Pensa que esse estágio no laboratório vai ajudar sua mãe a parar de pegar no seu pé! Ela vai achar que você tomou jeito na vida!

Beto olha para a prima com a certeza de que não tem mais o que dizer diante de tudo que ela expõe.

– Bebel, você tem argumento pra tudo. Impressionante!

– Tudo pela causa. – Bebel sorri, levando a mão para bater na de Beto.

Enquanto isso, não muito longe dali, no laboratório da empresa do pai de Rox, uma forte luz entra em um ambiente todo branco. Um homem observa em um microscópio.

CHAMA A BEBEL

Ele então se volta para outra direção, deixando o microscópio, e tira a máscara branca.

Era Eurico, que conversa com um colega igualmente de branco.

– Esse aí não responde mais – diz Eurico.

O colega balança a cabeça lentamente. Demonstra estar chateado com o que acabou de ouvir.

– Tem certeza, Eurico?

Eurico demora um tempo para responder. Sabe que o veredito está determinado, mas nunca é fácil para ele externar o que sente.

– Sim. O produto não reage. Foram muitas vezes, você sabe… uma pena tudo isso.

O colega se levanta. Inspira. Sente-se como Eurico. Não há o que fazer.

– Tá bem. Vou mandar para o… – Faz uma pausa. – Pode deixar. Aviso a área técnica.

O colega de Eurico se vai e ele fica imóvel, pensativo por um tempo. Inspira fundo e volta ao trabalho.

Capítulo 10
O enfrentamento se acentua

Na sala de aula os alunos estão separados em grupos. Embora estejam juntos, Zico evita olhar para Bebel e Beto. O Professor Denis chama a turma para iniciar as apresentações. Há uma excitação na garotada. Todo mundo querendo apresentar logo seu trabalho. O Professor Denis sabe muito bem como é isso. Primeiro reclamam de ter que fazer um trabalho, depois ficam animados e querem ser os primeiros a apresentar.

– Turma, queria ouvir um pouquinho do que cada grupo pensou sobre maneiras de melhorar a vida da nossa cidade. Quem quer começar?

Rox, que está num grupo com Marcinha, Aninha e Gabi, se levanta. Sim, tinha que ser ela. A dominadora da turma seguida por sua legião de "súditas".

– A gente pode começar, professor?

Professor Denis olha para toda a turma e ninguém se atreve a propor apresentar antes de Rox. No fundo já sabem que virá um rosário de explicações de Rox para ser a primeira e todos concluem que não vale a pena o embate com a dominadora.

Diante disso, Professor Denis faz um sinal para que Rox e as amigas se dirijam para o centro da sala. Elas vão com toda pompa que o momento oferece. Sorriem para todos. Rox, Marcinha, Aninha e Gabi.

Rox, claro que seria ela, toma a palavra.

– Pensamos em uma proposta que vai deixar a cidade mais bonita e elevar a autoestima de todos! Algo espetacular, que vai revolucionar este buraco, quer dizer, esta cidade.

Clima de expectativa. Todos olham para Rox à espera de que ela continue com a explicação.

– Queremos oferecer uma consultoria gratuita de moda para que as pessoas daqui desta… "desta cidade do interior" aprendam a se vestir melhor… como nas capitais do mundo. Parar de sofrer com essa poluição visual que a gente é obrigado a enfrentar todos os dias. Novos tempos, novas roupas, novo *style*.

Os alunos se seguram para não rir. Gabi percebe que a reação não é a esperada. Rox tem um ar de "será que não entenderam?", porque, na cabeça dela e das súditas, a turma iria ovacionar a ideia já na primeira frase. Gabi tenta forçar uma empolgação coletiva que não aconteceu.

– Vai dizer que vocês não acham essa ideia incrível? Podem falar. A gente tá aqui pra isso.

Aninha entra no clima também e tenta ajudar como pode.

– Quem não quer ficar mais bonito, gente? Vocês entenderam a nossa proposta? Uma consultoria de... – Rox interrompe a amiga com um gesto. Sentiu que não acertaram. Era melhor parar.

Professor Denis intervém antes que Rox exploda na frente de todo mundo. E depois, ele já tem experiência no tema, tudo fica mais difícil.

– Acho que não fui muito claro na hora de explicar o trabalho, Rochane. A culpa talvez seja minha, mas vamos lá: a ideia é pensar em iniciativas sustentáveis que tenham um impacto positivo para nossa escola, para nossa sociedade.

Bebel levanta a mão. Professor Denis autoriza que ela fale. Rox olha para ela e só falta saírem faíscas de seus olhos.

– Fala, Bebel! – diz o professor.

Bebel não esconde a felicidade por ter sido autorizada a interferir.

– Se Rox e as meninas querem fazer alguma coisa que tenha moda no meio, eu tenho uma ideia que pode ajudar a tornar o projeto mais sustentável!

Rox revira os olhos e, tentando segurar a sua raiva, encara Bebel.

– Alguém pediu sua opinião?

Professor Denis tenta contornar a situação.

– Rochane! Ouça o que a sua colega tem a dizer!

Bebel continua:

CHAMA A BEBEL

– Por que em vez de uma consultoria, vocês não pensam em organizar uma cooperativa de costureiras especializadas em criar roupa a partir de itens descartados?

Rox perde o controle. Aproxima-se de Bebel.

– Mas de novo isso!? Não é porque você tá acostumada a se vestir com lixo que os outros também têm que se vestir...

Um pouco mais atrás, junto à parede, Beto, que nunca falava nada na sala de aula, sai em defesa da prima.

– Deixa de ser grosseira, Rochane!

Rox, já em descontrole, parte para cima de Beto com o dedo em riste.

– Sabia que você era mais legal quando era só "o garoto estranho" que não abria a boca?

O professor parte para acalmar os ânimos.

– Eeee!! Parou os dois!! A ideia da Bebel faz sentido, Rochane, e está mais ligada à nossa proposta.

Rox bufa. Bebel sorri, vitoriosa, e continua:

– Se você não gosta dessa ideia, Rox, vocês podem pensar num evento em que as pessoas troquem roupas que não usem mais. Assim a gente evita o consumo desnecessário e mais produção de lixo!

Professor Denis bate com uma mão na outra e dirige sua cadeira de rodas na direção de Bebel.

– Ótima sugestão, Bebel! Aí é sustentabilidade pura, o que estamos propondo.

Rox, dominada pelo ódio, fala para as "súditas":

– Tô falando! É uma fixação por lixo que essa garota tem! Meo Deos...

Rox, Aninha, Marcinha e Gabi voltam para seus lugares. No caminho, Rox cochicha com as amigas:

– Caipira intrometida! Ela vai ver…

Aninha tenta argumentar:

– Calma, Rox! A ideia dela não é tão ruim assim!

– Tem várias grifes gringas que estão apostando em moda sustentável! – Gabi também defende.

– Me poupem! – reage Rox, batendo com a mão sobre a mesa.

Paulinho, que senta atrás de Guga, na segunda fileira de cadeiras, não se aguenta mais na sua ansiedade para apresentar.

– Profe, se quiser, eu e Guga podemos falar do nosso projeto!

Professor Denis sente que o melhor jeito de anular a fúria de Rox é mudando o foco, e Paulinho e Guga com certeza fariam algo melhor do que o proposto pela garota.

– Venham!

Paulinho e Guga se levantam e vão ao centro da sala. Estão empolgadíssimos. Guga inicia a apresentação.

– Todo mundo sabe que a gente faz parte do grupo de teatro aqui da escola, certo?

Paulinho complementa com zero de modéstia.

– Os melhores, por sinal!

A vaia corre solta e toma conta da sala.

Guga reage.

– Eeee!! Parou!!! Qual é? Vão negar que eu e o Paulinho arrebentamos no teatro? Inveja? É isso?

A vaia para e é seguida por risos. Até Rox riu do namorado e de sua atitude.

Guga recomeça.

– Então, nossa proposta é simples: a gente vai, todo sábado, trabalhar com crianças da periferia e montar grupos de teatro, peças infantis.

Rox não perde a oportunidade, mesmo sendo Guga seu namorado.

– E o que tem isso a ver com o tal "sustentável"?

Guga, com todo o cuidado, responde para Rox:

– O tema das peças vai ser educação ambiental. Conscientizar a galerinha que temos que cuidar do nosso planeta.

Rox vira-se para as "súditas" que se sentam atrás dela.

– Planeta, meio ambiente... meoo Deeoss. Que papo chato!

Bebel levanta a mão de novo. Rox não se aguenta.

– Bebel, querida, se você quiser, pode fazer o trabalho no lugar de todos os seus colegas, já que você tem ideia pra tudo!

Bebel ignora a provocação de Rox.

– Eu só ia elogiar porque isso é um modo de inclusão e desse tema eu entendo bem...

– Muito obrigado, Bebel! – agradece Guga, orgulhoso do comentário.

Rox fuzila Guga com o olhar e ele contém o entusiasmo.

– Já que você opinou sobre o projeto dos outros, por que não apresenta o seu, Bebel? – diz Rox, com toda a ironia que sua mente consegue produzir.

Bebel movimenta a cadeira de rodas e vai ao centro da sala acompanhada de Beto e Zico.

– Nossa ideia é muito simples. Vamos fazer um biodigestor aqui na escola. Transformar o lixo orgânico que a gente produz aqui dentro em energia para a escola e fertilizante para a comunidade.

Rox, sem pedir autorização, intervém:

– Será que essa sua obsessão por lixo não é por você se sentir um lixo também?

O professor explode. Chega ao seu limite.

– Rochane! Deu!!! Pra diretoria, agora.

Rox, furiosa, com a respiração alterada, começa a jogar os cadernos dentro da mochila fazendo um barulho proposital.

A turma sente o clima e não se manifesta. Rox pega suas coisas e se levanta. Bebel a confronta de uma maneira que não havia mostrado antes. Uma segurança que atrai a atenção de todos, fazendo com que Rox fique assustada.

– Minha obsessão não é por lixo, e sim por um mundo que saiba aproveitar de um jeito mais inteligente tudo que é produzido. Você, com essas roupas de marca, pode entender muito de moda, mas não sabe nada de tendência. A grande tendência mundial não é consumir, é preservar e utilizar com inteligência os recursos do meio ambiente, esse termo que você tanto detesta, Rox. Minha luta é para que todos vivam bem, até mesmo pessoas egoístas como você!

Rox, que havia parado junto a Bebel, dirige-se à porta caminhando firme, o olhar fixo no corredor. Por dentro, ela explode de ódio.

Após um silêncio de alguns segundos, a turma começa a aplaudir o discurso de Bebel. Aninha, Marcinha e Gabi demoram, mas entram nos aplausos também.

✿ ✿ ✿

Após o impacto do embate na sala de aula, a turma sai para o intervalo.

No pátio da escola, Bebel toma um lanche acompanhada de Zico e Beto.

Zico está com receio do que possa acontecer no "pós-guerra". Na sua opinião, Bebel está indo longe demais sem reconhecer os perigos.

– Você não deveria ter provocado a Rox daquele jeito...

– Desencana, Zico! Bebel só colocou aquela chata no lugar dela – responde Beto, animado.

Bebel intervém e fala com sua segurança habitual.

– Zico, não entendo esse medo que todo mundo tem da Rox. Só porque o pai dela é poderoso? Não tô nem aí para isso. A Rox tentou me humilhar e comigo isso não fica assim não. Aprendi bem antes de vocês a me defender, não é uma mimadinha sem limites que vai fazer isso comigo.

Beto empolga-se e bate palmas.

– Massa. Isso aí, prima!

Paulinho se aproxima de Bebel, Beto e Zico. Olha para os lados para ter certeza de que Rox não está por perto – sim, ela tinha esse grau de poder na escola.

– Curti demais suas ideias, Bebel. Esse lance de transformar lixo em gás e adubo é uma piração, né? Muito legal mesmo. Fiquei superinteressado.

Bebel sorri.

– A gente tem que lembrar sempre que não tem planeta B, Paulinho. Se a gente não cuidar da Terra, vamos morar onde?

Outros alunos se aproximam da rodinha de Bebel.

– Ah, curti muito também sua ideia e do Guga sobre as peças de teatro falando de sustentabilidade – diz Bebel.

Paulinho fica orgulhoso com a colocação da colega, que já é uma líder para ele.

Laurinha, outra colega, se aproxima.

– Bebel, será que você pode me dar umas ideias para meu projeto também?

Antes que Bebel responda, um garoto surge e entra na mesma *vibe*.

– Queria sua ajuda também, Bebel!

Na escadaria da escola, quase um andar acima, Rox – que passou apenas alguns minutos na diretoria –, ao lado de Guga, Aninha, Marcinha e Gabi, acompanha a interação de Bebel e Paulinho.

– Essa caipirona tá se achando! Mas calma que essa alegria vai acabar! Ah, vai...

Guga olha para Rox e tenta puxar algum resquício de humanidade da garota.

CHAMA A BEBEL

– Pilha errada essa sua com a Bebel, Rox! A menina é *cool*. Ela se preocupa com o mundo. Qual o problema?

Rox encara Guga. Não havia esse resquício de humanidade que Guga sonhara.

– Vai lá puxar o saco dela também, Guga! O Paulinho já mudou de lado!

Guga se encolhe. Sabe que não vale a pena o embate com a namorada.

– Que lado, Rox? Até parece que você tá numa guerra! – manifesta-se Marcinha, com uma coragem surpreendente.

– Até você tá ficando contra mim, Marcinha? – devolve Rox, usando seu poder de vitimização.

– Só acho que você tá exagerando nessa implicância…– continua Marcinha em seu surto de coragem.

Rox desiste de Marcinha e encara Gabi.

– E você, Gabi? Vai me criticar também?

Gabi abaixa o olhar. Não quer correr riscos. Não concorda em nada com o que Rox está fazendo, mas não acredita ser a hora de partir para qualquer confronto depois do que aconteceu na sala de aula. Sabe que Rox está a ponto de explodir.

Rox, sentindo-se empoderada novamente, parte para a ação.

– Eu tô com uma ideia para despachar essa caipira para a roça e vou precisar da ajuda de vocês.

Guga, Gabi, Marcinha e Aninha se entreolham. Rox olha para Bebel lá embaixo, junto à imensa porta da escola, cercada pelos colegas e conversando animadamente.

– Tá na hora de vocês provarem que gostam de mim… – conclui Rox, para preocupação do grupo ao seu redor.

Capítulo 11
O infiltrado

Final de tarde, o sol, já em um ângulo baixo, ilumina através de uma grande árvore central no pátio da confortável – para dizer pouco – residência que abriga Bebel.

Na mesa junto ao gramado e perto da piscina, Marieta mexe no telefone vendo a "felicidade dos outros" em alguma rede social.

Eurico aproxima-se com uma jarra de suco de melancia feito na hora.

– Olha o suquinho feito pelo chef Eurico.

Marieta não desgruda os olhos do celular.

– Não botou açúcar, certo?

– Lógico que não – responde Eurico.

– Sei... você adora virar um pote de açúcar em tudo – fala Marieta com péssimo humor.

Eurico olha para Beto e Bebel e sinaliza para que não deem bola.

Bebel encara Beto, sentado à sua frente, e faz sinal com a cabeça para ele falar com Eurico. Beto fica um pouco inseguro.

– Pai, estava pensando numa coisa...

Eurico e Marieta o encaram.

– Sei que dei muita dor de cabeça nos últimos tempos por causa da minha paixão por grafite... e...

Marieta corta Beto, mesmo sem tirar os olhos da "felicidade alheia" das redes sociais.

– Pichação! Não inventa outro nome para aquela sujeira que você faz nos muros de pessoas que pagam impostos e esperam um mínimo de segurança do patrimônio.

– Deixa o garoto falar, Marieta! – diz Eurico.

Beto engole em seco para não começar uma nova discussão com a mãe e prossegue.

– Amadureci bastante por causa dos meus erros, dos problemas que causei, e queria mostrar que mudei.

Bebel sorri enquanto Beto fala. Ela murmura algumas palavras, sem som, para que o primo as repita.

– Como prova de que estou a fim de ser um novo Beto, pensei se eu não poderia estagiar no laboratório depois da escola...

Marieta finalmente desgruda do celular. Vibra, bate palmas.

– Deus ouviu minhas preces! Eu não tô acreditando no que estou ouvindo. O que você botou nesse suco, Eurico? Além de muito açúcar, é lógico.

Marieta ri de si própria. Todos ignoram. Eurico fala com o filho.

– Você tem certeza disso, filho?

Marieta bate na mesa.

– Eurico! Pela primeira vez na vida Beto demonstra interesse por alguma coisa e é assim que você reage? Enlouqueceu?

Eurico, com sua calma habitual, explica para a esposa.

– Só não quero que ele faça algo apenas para agradar a gente…Ele tem a vontade dele, os sonhos dele, não é Beto?

– Que sonhos, Eurico? Nessa idade tem é que ter formação e pensar em um futuro seguro, um bom emprego. Vai sonhar com o quê? Com as pichações que ele chama de arte?

Bebel, com toda a meiguice do mundo, intervém:

– Acho que um estágio no laboratório pode ser bom para o Beto entender o que quer da vida, né, primo?

Marieta expressa surpresa, boquiaberta. A seguir complementa:

– Até que enfim você falou alguma coisa que preste, Bebel!

Os primos trocam olhares de cumplicidade. O plano está andando melhor do que imaginavam.

Marieta pega na mão do filho.

– Beto, fique tranquilo. Seu pai vai arranjar um estágio no laboratório para você! Se ele não se mexer, eu procuro o Jorge e peço esse favor, mas você vai para lá. Seu futuro

CHAMA A BEBEL

pode estar garantido e você pode chegar a uma posição muito melhor do que seu pai chegou.

Novamente Eurico sinaliza para Bebel e Beto que ignorem Marieta.

Explodindo de felicidade, Marieta segura as mãos do filho e fala sorrindo:

– Para tudo ficar perfeito, só falta você e Rox se apaixonarem!

Beto revira os olhos. Bebel ri e mantém o clima de só falar o que a tia quer ouvir.

– Uma coisa de cada vez, tia!

Marieta ignora a sobrinha. Está muito feliz com o que acabou de ouvir.

❄ ❄ ❄

No pátio da escola, antes da aula começar, cada grupo conversa sobre seus temas preferidos. O grupo de Bebel restringe-se a Zico e Beto nesse momento. Zico continua com seu ar incomodado.

– Hoje o Beto se infiltra no laboratório do pai da Rox. Tem certeza de que você não vai ajudar nessa investigação, Zico?

– Você manja tudo de computador e poderia invadir os sistemas do laboratório... – Beto complementa.

– Gente, tô falando que vocês estão loucos. Isso dá cadeia, sabia? Ninguém nunca vai poder provar nada contra o laboratório.

Rox se aproxima, tomando refrigerante com um canudo de plástico. Para diante do grupo, que demonstra o incômodo com a presença dela.

– Eu ouvi errado ou vocês estavam fofocando sobre meu pai?

Zico apressa-se para se defender.

– Beto só comentou que vai estagiar no laboratório do seu pai.

Rox finge uma surpresa positiva.

– Que bom! Mais um pobre que meu pai ajuda a ter emprego!

Bebel encara Rox.

– Que foi, Bebel? Ah, você tá com essa cara porque tô usando um canudo de plástico, né? Prometo que amanhã trago meu canudinho de jornal para não te irritar, tá?

– Seu pai é o dono da cidade, né, Rox?

Rox fica surpresa, depois perturbada.

– O que você tá insinuando?

– Calma! A caipira aqui só fez uma pergunta! Não precisa ficar alterada.

O controle volta para Rox, que precisa manter o ar superior.

– Eu estou calma, Bebel. Meu pai ajuda esta cidade a progredir, dá trabalho inclusive para a família do seu primo esquisito aí!

– Se seu pai é tão bom pra todo mundo, por que você vive dando chilique sempre que alguém fala dele?

Rox estava aprendendo a lidar com Bebel. Agora é ela que percebe que enfrentamento não dá certo. Precisa parecer estar totalmente controlada para lidar com a inimiga número 1.

— Não é chilique, querida. É que ingratidão me tira do sério, sabe? Meu pai faz tudo por esta cidade e ninguém valoriza. Ele inclusive doa dinheiro para esta escola para que bolsistas como você possam estudar num colégio de qualidade!

Rox se aproxima de Bebel e a enfrenta com o olhar, mas sem perder a pose de alguém com controle total sobre as emoções.

— Então, se quiser continuar estudando aqui, é melhor se colocar no seu lugar ou peço para meu pai ter uma conversinha com a diretora!

A diretora, que passa ao fundo, flagra a discussão entre as duas.

— O que você quer que seu pai fale comigo, Rox?

Rox olha para a diretora com ar de quem manda na escola. Invertendo os papéis.

– Por enquanto nada, diretora! Mas se certas pessoas continuarem falando besteiras, ele vai procurar você.

Rox fuzila Bebel com o olhar de cima a baixo. Bebel não se intimida. Rox se afasta.

A diretora aproxima-se de Bebel.

– Maria Isabel, por favor, não se meta em problemas com a Rox.

– Mas eu não fiz nada, diretora.

A mulher olha por um segundo para Bebel e sai em direção ao interior da escola.

Zico e Beto ficam preocupados.

– Tô falando. Vocês estão sem noção... Acho melhor a gente dar um tempo na nossa amizade, Bebel! Sei que começou agora, mas não vai rolar. Não quero correr riscos e enfrentar a Rox e o pai dela, é derrota certa.

– Como assim, Zico? O que eu fiz? Não está certo o que estou defendendo?

Zico a ignora.

– Vou procurar outro grupo para fazer o trabalho do professor, valeu?

Zico se afasta. Bebel fica triste e é consolada por Beto.

– Eu tô com você, prima.

Capítulo 12
Ambiente tenso

Sentados em volta da mesa da varanda estão Bebel, Eurico e Beto.

Nervosa, Marieta anda de um lado para outro.

Bebel, de cabeça baixa, evita olhar para a tia, pois sabe em que pé as coisas estão.

Eurico, profundamente incomodado, balança levemente a cabeça. Marieta olha diretamente para Bebel.

– Por mais que eu pensasse, nunca ia imaginar que isso iria acontecer.

Todos continuam nas suas posições. Marieta continua.

CHAMA A BEBEL

– Que poder, hein, Maria Isabel??? Mal chegou na cidade e já criou confusão com a filha do homem que te ajuda com a bolsa de estudos.

Eurico decide sair em defesa de Bebel.

– Não exagera, Marieta. A diretora só pediu para a gente conversar com a Bebel justamente para evitar futuros problemas com a Rox! "Futuros" problemas.

Beto tem um argumento irrefutável.

– Ele ajuda com bolsas porque tem incentivo pra isso. Não é por ser bonzinho.

Marieta volta-se para o filho, e o clima de paz que reinava desde que ele decidira fazer o estágio desaparece.

– Você fica quieto, Paulo Roberto! Eurico, você não percebe que o problema já foi criado? Não é futuro. A diretora falou do presente.

– Não vai acontecer nada... – diz Eurico, já sem paciência.

– Uma pessoa que mora na sua casa, um familiar seu, ofende a filha do seu chefe. E nada vai acontecer??? Em que planeta você vive, Eurico?

Bebel tenta argumentar com a voz baixa.

– Eu não ofendi ninguém, tia.

– É a Rox que provoca e ofende a Bebel toda hora, mãe! Beto pontua.

Marieta vai para cima de Beto.

– Agora que você tomou jeito, essa aí começa a atazanar minha vida!

Bebel olha para Beto e para o tio, mas não há muito o que fazer.

Marieta se exalta ainda mais e chega muito perto de Bebel.

– Se tiver mais uma reclamação sobre você, Maria Isabel, "uminha", chamo sua mãe e te mando de volta!

Marieta se volta para o marido.

– Só podia ser filha da Mariana...

A frase desperta Bebel da sua posição de defesa. O que a tia estaria querendo insinuar com o "só podia ser filha..."?

– O que tem minha mãe, tia?

Marieta olha para ela, não responde, sai da varanda. Eurico olha para Bebel, que está confusa.

– Fica tranquila, Bebel. Isso é coisa antiga da sua tia com a sua mãe.

Bebel sente o impacto da fala da tia. Sem dizer nada, começa a deslocar-se em direção ao quarto.

❁ ❁ ❁

Passado o turbilhão do dia anterior, Bebel e Beto já estão na rua.

Beto empurra a cadeira de rodas de Bebel. Os dois estão pensativos.

– Não vai ser fácil essa nossa investigação, Beto!

– Será que não é melhor desistir?

Beto já não tem a mesma convicção de um dia atrás. Já Bebel continua firme.

– A gente nunca vai se perdoar por não ter feito nada.

Beto suspira.

– Você tem razão. Mas toma cuidado para não cair na pilha da Rox. Ela agora vai fazer de tudo para se vitimizar e pôr a culpa sempre em você. Pode apostar.

– Relaxa, primo. Na escola vou me concentrar na construção do biodigestor e não vou ter tempo nem de olhar pra ela.

A cadeira de Bebel trava em um degrau da calçada. Beto força e Bebel levanta a mão indicando que vai resolver sozinha.

Tenta várias vezes e não consegue sair do degrau. Beto sorri e fala com ela.

– Posso ajudar a "menina independente"?

Bebel sorri e indica que ele empurre a cadeira.

Capítulo 13
A luta e os resultados

O trabalho proposto pelo Professor Denis é colocado em prática. Guga e Paulinho ensaiam com algumas crianças em uma praça, próximo à escola. Zico olha tudo de longe. Ainda não tinha conseguido se encaixar em nenhum grupo, talvez porque, no seu íntimo, queria estar com Bebel e Beto, mas seu instinto de preservação era maior e ele não queria correr riscos com Rox, com a direção da escola, com nenhum dos poderosos.

Junto à escadaria da escola, Rox observa Bebel e Professor Denis conversando com um engenheiro, pai de Paulinho,

CHAMA A BEBEL

que mostra a planta de um biodigestor. Ele decidiu ajudar porque gostou muito de saber sobre o interesse da turma em um tema tão importante.

A diretora conversa com Professor Denis, Bebel e Beto sobre o projeto e o impacto positivo na escola dali em diante.

O biodigestor começa a tomar forma. Ao longe, Zico espia a montagem e sente uma dor no coração por não estar na linha de frente.

A solidão do rapaz se acentua. Na praça, onde há pouco acontecia o ensaio de Paulinho e Guga com as crianças, Zico caminha carregando Medroso pela guia – neste momento, seu único amigo.

Bebel passa ao longe em sua cadeira de rodas e acena para Zico, mas ele desvia o olhar. É um momento complicado para ele. Há uma confusão de sentimentos e, para um garoto da sua idade, tudo ganha uma proporção maior.

❀ ❀ ❀

Na sala de aula, Professor Denis conversa com a turma de alunos.

– Estou muito orgulhoso do empenho de vocês!

Os alunos vibram. A exceção é Rox, logicamente. Seu projeto de consultoria de moda não andou. O professor segue:

– Conseguimos uma doação para o nosso segundo biodigestor. O pai do Paulinho que doou e vai instalar. Palmas para ele!

Rox balança a cabeça. Paulinho se sente orgulhoso. O Professor Denis continua:

92

– O grupo do Guga também está de parabéns. A garotada está adorando montar uma peça e a ideia é percorrer várias escolas com ela.

Guga e Paulinho fazem graça ao ouvir o elogio. Os alunos aplaudem. Guga se emociona com os aplausos.

– É nóis, professor! Tamo junto!

Mais aplausos.

– É a prova de que temos muita gente boa nesta cidade. Agora temos que conseguir apoiadores para novos biodigestores! O nosso ainda tem uma capacidade muito pequena.

Alguns alunos puxam um coro gritando o nome de Bebel.

Rox volta-se para trás e cochicha para Gabi, Marcinha e Aninha:

– Meeeo Deoss! Agora a caipira é heroína só porque deu uma ideia óbvia.

– Nem tão óbvia, Rox... – protesta Aninha.

– Vendida! – Rox fala e volta-se para a frente novamente.

Bebel, após ser aplaudida, sente que está no caminho certo.

– Fico muito feliz que as pessoas entendam como é importante cuidar do nosso planeta. Não estou falando sozinha! Todos aqui têm sido demais!

Mais aplausos, e Bebel sorri. Rox revira os olhos.

✿ ✿ ✿

A velha caminhonete azul de Seu Juca se desloca sobre o asfalto. Bebel e o avô cantam e riem. A tarde está linda.

CHAMA A BEBEL

Sol, pássaros, pouco movimento, nem parece uma estrada normalmente tão agitada. Bebel está feliz e fala para si:

– Pra completar meu dia, meu avô fez uma surpresa.

A caminhonete passa pelo posto e estaciona em frente à lanchonete. Mariana sai correndo em direção ao veículo. Ela abre a porta da caminhonete e abraça Bebel.

– Que saudade da minha filhota!

Seu Juca pega a cadeira de rodas da carroceria e traz até elas. Bebel fala enquanto se ajusta à sua cadeira com uma agilidade impressionante.

– Eu não sabia que o vovô ia me buscar neste feriado, mãe, que surpresa!!!

Seu Juca se manifesta com orgulho. A ideia fora dele.

– Um dia que a gente possa aproveitar com minha netinha vale a viagem.

Entram na casa e logo a noite cai sobre o lugar composto pela lanchonete e o posto de gasolina.

Ao redor da mesa, Bebel sente o quanto a felicidade está em situações como a que ela presencia naquele momento. Estar junto com a família, ao redor da mesa, sem a tensão que existe permanentemente na casa da tia.

A garota já está no quarto ou quinto pastel que ela pega de uma bacia em que a mãe deixou uns dez, cada um mais saboroso que o outro. Ainda sobram seis e sua intenção é consumir mais alguns.

Seu Juca se delicia também, mas é de uma rodada anterior aos atuais pastéis quentinhos.

Mariana se surpreende ao ver a filha com dois pastéis na mão ao mesmo tempo.

– Nossa!! Você tá comendo direito na casa da sua tia, Bebel?

Bebel veio decidida a não dar palco para as loucuras da tia, o que só aumentaria a preocupação da mãe e do avô.

– Não tão bem como eu como aqui, mãe. Ninguém prepara delícias como você!

Mariana sorri, orgulhosa. Por mais que tenha decidido não preocupar a mãe e o avô, Bebel fala olhando para os dois, com uma boa dose de emoção.

– Que saudades eu sinto de ter vocês dois na minha vida todos os dias.

Mariana, Seu Juca e Bebel se abraçam. Era tudo que, no fundo, precisavam ouvir.

– Nós também, filha. Esta casa fica totalmente sem graça sem você.

Seu Juca se emociona.

– Um dia vi seu avô com os olhos cheios de lágrimas sentado lá na frente da lanchonete.

Bebel fica comovida.

– Vô...

Seu Juca tenta disfarçar.

– Eu tinha cortado muita cebola, Bebel, foi isso.

Bebel e a mãe se olham.

– Sei... – diz Mariana.

CHAMA A BEBEL

No dia seguinte, Bebel e Seu Juca estão sentados ao redor de uma mesa ao ar livre diante da lanchonete. Não há clientes àquela hora e ali eles conversam. Seu Juca, com uma faca, finaliza um garfo de bambu que fazia para a neta.

– O senhor não tem noção da quantidade de descartáveis que eles usam lá na escola.

Seu Juca fala um tanto descrente.

– E você acredita que vai convencer sua turma a usar?

– Por que não? Eles estão adotando minhas ideias de uma forma muito mais rápida do que eu podia imaginar.

– Bom… se é assim… – Seu Juca não parece muito convencido das palavras da neta.

– Tá sendo muito legal o projeto do nosso biodigestor.

Seu Juca percebe que a garota realmente é uma líder e consegue isso em qualquer lugar. Bate um orgulho imenso no velho avô.

– A Greta se orgulharia de você, Bebel!

Ela sorri com o comentário.

– Estou só fazendo minha parte, vô! E parece que todo mundo tá entendendo.

Bebel olha para Seu Juca por um tempo. Ele nota que algo está por vir.

– Vô. O que o senhor sabe sobre…?

– Sobre…?

– Sei que já perguntei, mas essa coisa dos testes que fazem no laboratório onde o Tio Eurico trabalha.

Seu Juca balança a cabeça, não gosta da mudança do rumo do assunto.

96

— Ihhh, Bebel. Ninguém sabe direito o que acontece lá. Não começa com isso, por favor.

— Só me diz se eles testam mesmo em cães, é verdade isso?

— Ninguém sabe e ninguém tem coragem de enfrentar o Jorge. Não vai ser você que vai lá enfrentar o homem. Deixa quieto isso.

— Tá bom, mas... mas e os cães que desaparecem das ruas?

Seu Juca olha para Bebel e não responde. Já conhece a insistência da neta.

— Se eles usam mesmo cães pra testes, onde vão parar os cães depois dos testes?

Seu Juca fica mais sem jeito. Sente-se pressionado.

Sua salvação chega com Mariana, que se aproxima com dois copos de suco de laranja nas mãos. Ela entrega para Bebel e Seu Juca. Mariana olha para o pai. Ouviu parte da conversa ao se aproximar.

– Tem que ser direto, pai. Se a Bebel não entender a situação, pode acabar falando o que não deve.

– E o que é o "que não deve"? – Bebel se agita na cadeira.

Seu Juca decide falar e explicar rapidamente.

– Tá bom. O que sua mãe está dizendo é que ninguém sabe o que é verdade ou não, então o melhor é ficar quieto. Alguém vai entrar lá no laboratório pra ver isso? Não vai, então por isso falei pra deixar quieto.

– Mas então eles podem estar matando os cães? – questiona Bebel com energia.

– Como é que vamos saber, Bebel? E seu tio trabalha lá, você mora na casa dele, então é fácil de entender por que a gente tem que ficar quieto – tenta argumentar Mariana.

Bebel olha fixo para o avô.

– O senhor concorda com isso, vô?

Seu Juca olha para Mariana. Está encabulado. Mariana se aproxima da filha.

– Filha. Eu e seu avô já tivemos muitas discussões sobre isso, então não vamos fazer voltar tudo de novo, certo?

Mariana passa a mão sobre o cabelo da filha.

Seu Juca levanta e vai para o interior da casa.

Bebel olha para ele e para a mãe.

Ela começava a ter a estranha sensação de que entendia com o que havia mexido. E não era nada bom...

❁ ❁ ❁

No quarto, Bebel, em sua cadeira, olha fixo para os cartazes dos protestos que decoram o lugar. Ela balança a cabeça em sinal de preocupação. Tudo em que sempre acreditou, tudo que colocou como propósito de vida, está ali diante dela, naquela decoração que é muito mais do que isso, é um tratado sobre "como vou ser", pensava ela. E agora? Está diante de um problema real, uma possibilidade assustadora de cães sendo maltratados, sofrendo em nome do lucro de um único empresário e, fazer o quê? Nem sua mãe nem seu avô querem participar dessa missão, como ela imagina. Medo? Ok, mas tudo na vida pode levar ao medo se não tomarmos uma atitude. Bebel sofre com a incapacidade de ação de todos ao seu redor. Gostaria de tomar a frente e partir para enfrentar esse tal Jorge e evitar que os animais sofressem, mas como? Sozinha?

O dia amanhece, é hora de voltar para a cidade e para a casa da tia. Só de pensar, Bebel já sente calafrios.

Está diante da lanchonete.

Bebel abraça a mãe. Seu Juca ajuda-a a entrar na caminhonete. Mariana está triste, mas controla-se. Bota um dinheiro no bolso de Bebel.

– Pra você comprar mais um livro.

– Obrigada, mãe.

A caminhonete de Seu Juca se desloca pela estrada.

– Eu tinha a ilusão de que seria mais fácil depois da primeira despedida, mas me enganei.

CHAMA A BEBEL

Seu Juca dirige e Bebel olha e mexe nos garfos de bambu. Seu Juca fica intrigado.

– O que foi?

– Sabe que eu fico pensando se...

Seu Juca espera Bebel falar. Sabe que vem uma narrativa pronta. Conhece a neta.

– Imagina se a gente alugasse um quartinho? Pequeno, apertado, com lugar só pra uma cafeteira, coisa assim. Aí uma semana o senhor morava comigo e a mãe cuidava da lanchonete e na outra o senhor cuidava e ela ficava comigo.

Seu Juca olha para Bebel e para a estrada novamente.

– Foi só uma ideia...

Seu Juca balança a cabeça.

– Tá ruim lá na sua tia, não é?

Bebel não responde. Passa a olhar para a estrada. A tristeza de deixar a casa, a mãe e o avô era algo que ela precisava realmente saber contornar, não havia outro jeito. Mas a injustiça e a falta de ação de todos em relação à questão dos cães era algo que ela não conseguia controlar.

Chegam à casa de Marieta e Bebel tenta ser invisível. Trouxera quatro pastéis para não precisar ir até a sala de jantar. Foi direto para o quarto.

Capítulo 14
Zico volta à luta

Novo dia, Bebel sai de casa, e quem está lá diante dela? Zico. Ela estranha. O rapaz está com ar de quem não sabe como agir.

– Achei que você não queria mais ser meu amigo, Zico.

Zico tenta controlar o nervosismo. Bebel percebe. Acha que é por ele estar fora de todos os grupos, mas não. É algo bem mais grave.

– Pegaram o Medroso, Bebel!

Zico se emociona. Bebel segura a mão do amigo. Sabe o quanto deve estar sendo difícil para ele.

CHAMA A BEBEL

– Calma, Zico! Quem pegou o Medroso?

– Foi ontem de noite. Eu estava chegando da casa da minha avó e vi pegarem o Medroso e colocarem ele num furgão. Foi o laboratório do pai da Rox!

– Se o Medroso estiver no laboratório, a gente vai dar um jeito de tirar ele de lá e ainda vamos desmascarar esse Doutor Jorge! Só preciso de aliados.

Zico está arrasado, sentindo-se culpado.

– Se eu não tivesse tido medo de ajudar você na sua investigação... talvez o Medroso ainda estaria com a gente...

– Não é hora de se culpar, Zico – Bebel corta o chororô do garoto.

Começam a se deslocar em direção à escola. Zico continua sua explanação sobre o que realmente acontece na cidade.

– Todo mundo tem medo de que o cão escape porque eles passam pela cidade todas as noites, e aí...

– Só de noite?

– Sim.

– E como o Medroso não tinha sido pego antes?

– Eu não contei a você antes, mas eu levava o Medroso escondido pra garagem de casa todas as noites.

Bebel fica muito surpresa.

– Nunca descobriram porque eu acordava uma hora mais cedo que todo mundo lá em casa e soltava ele.

Zico se emociona e abraça Bebel. Ela tenta dar conforto ao amigo que há pouco tempo estava perdido, ausente, com medo de tudo. Agora, o medo era real e concreto. O cão, o grande amigo de Zico, foi levado pelas mesmas pessoas que ele evitava ter que enfrentar. Bebel tinha o amigo de volta.

102

PAULO NASCIMENTO

✿ ✿ ✿

Na sala de aula, os alunos conversam despreocupadamente antes do início da aula. Bebel, Zico e Beto estão reunidos num canto. Falam baixo.

– Você podia ter me contado sobre esse Medroso – reclama Beto em um tom um pouco magoado.

Zico fica constrangido e Bebel intervém:

– Tá, Beto. Não é esse o foco agora.

Beto retoma, mas continua olhando para Zico como quem faz uma cobrança.

– Eita… bom, faz mais de uma semana que tô estagiando no laboratório e até agora não achei nada que prove que eles usem animais em testes de cosméticos! Já perguntei e ninguém sabe. Acho que a gente pode ter errado na desconfiança.

Zico se agita.

– Se não foi o laboratório que pegou Medroso, quem foi então? E tantos outros cães? Sumiram no ar? Qual a explicação?

Bebel tenta acalmar Zico, que fala um pouco mais alto do que o que o momento exige.

– Calma, Zico. Você já fuçou em todas as partes do laboratório, primo? Tem certeza?

– Tudo?! Tudo não, porque tem áreas que você precisa de um cartão para liberar a entrada, mas o resto já procurei em todos os lugares algo que fale dos cães e não achei nada!

Bebel faz uma expressão de que pode estar ali a explicação.

– Quem deve ter acesso a tudo no laboratório é o Tio Eurico!

Em outra parte da sala de aula, estão reunidas Rox, Aninha, Gabi e Marcinha. Rox olha fixo para Bebel.

– Tá na hora do plano.

– Tem certeza, Rox? – pergunta Marcinha.

Professor Denis entra na sala. Os alunos se dirigem para suas carteiras.

– Muito bem, turma! Bora aprender!

Rox passa por Bebel e para. Dirige-se a ela.

– Será que a gente pode conversar no intervalo, Bebel? Queria trocar uma ideia com você!

É inegável a surpresa de Bebel, mas ela gosta de ver que Rox talvez possa estar mudando de verdade. Assim responde prontamente:

– Claro.

Rox vai até sua carteira. Bebel olha para Zico e Beto e todos fazem cara de surpresos. Bebel sabe que eles não gostaram nada de ela ter sido simpática com Rox, mas tem horas que é preciso quebrar as barreiras.

Zico fala para Beto sem que Bebel ouça:

– O Medroso some por milagre, a Bebel fica amiga da Rox, tô ferrado mesmo. Quem vai me ajudar?

– Eu! Eu vou ajudar você porque não acredito nessa mudança de personalidade da Rox. Mesmo que você tenha me escondido sobre seu cachorro, tamo junto, meu amigo.

Os dois batem as mãos.

Capítulo 15
A transformação (?) da Rox

Intervalo, grupos reunidos como sempre, Rox se aproxima de Bebel. Conversam. Beto e Zico observam tudo de longe. Rox chega superfofa para falar com Bebel. Não tem um traço da Rox original.

– Sabe, Bebel, fiquei pensando e vi que não tem motivo para a gente não ser *best*...

Bebel está com toda boa vontade do mundo com Rox, mas não deixa transparecer logo de saída.

– Não tem mesmo. Nunca entendi por que você implicava comigo. Nunca fiz nada pra você!

Rox faz trejeitos. Fala ainda mais fofa.

– Acho que implicava porque você fala de umas coisas que eu não domino. Você fazia eu me sentir "superficial". Sei lá...

Bebel ri.

– Fico vendo sua preocupação em como transformar o mundo num lugar melhor e acho que preciso ajudar você de algum jeito!

Bebel agora está realmente surpresa.

– Que bom, Rox! Vai ser muito bom ter você comigo nessa jornada.

Rox pega o celular na mão.

– Posso gravar nossa conversa?

Bebel sorri, mas estranha o pedido.

– Gravar??

– Sim, é um momento histórico, não é?

Bebel concorda com um gesto de cabeça. Ao fundo, Beto e Zico não desgrudam os olhos das duas.

– Sim. Conversei com meu pai e ele me deixou organizar um evento aqui na escola para arrecadar fundos e a gente usar esse dinheiro para bombar os trabalhos que estamos fazendo na aula do Professor Denis. Podemos construir, comprar vários biodigestores, até para outras escolas, alguns para os po... – corrige-se – para os moradores carentes dos arredores...

Ao fundo Zico e Beto tentam prestar mais atenção no que Bebel fala e Rox grava, mas o barulho do recreio impede que eles entendam. O que veem é que Bebel fala direto para o celular de Rox, quase como um depoimento. O que estaria ela falando?

O papo das duas já está no fim.

– Não sei nem como te agradecer, Rox!

– Ah, e fica tranquila que a festa não vai ter canudinho de plástico, nada que prejudique o meio ambiente.

Bebel abraça Rox já com o celular na mão.

– Selfie?

– Claro!

Rox tira várias selfies. Beto e Zico ficam chocados ao verem as duas se abraçando.

✿ ✿ ✿

CHAMA A BEBEL

Acompanhada de Beto e Zico, Bebel de desloca pela rua. Há um clima um tanto diferente entre eles após presenciarem a "nova amizade" entre Bebel e Rox.

– Por que vocês estão com essa cara?

Zico não alivia.

– Essa sua aproximação com a Rox...

Lógico que Bebel sabia que era isso, mas resolveu perguntar mesmo assim.

– E se ela mudou, gente? De verdade. Ter Rox do nosso lado é bom. Melhor do que ficar enfrentando, não é o que vocês diziam? Pra não enfrentar a Rox? Por que mudaram de opinião agora?

– Tô com o Zico nessa, Bebel! Não acredito nessa mudança da Rox – diz Beto.

– Eu vou tomar cuidado. Prometo! Não sou ingênua.

– Muito menos a Rox é ingênua – Zico fala com uma ponta de maldade.

Beto dá um beijo na testa da prima.

– Vou deixar vocês discutindo sobre a "querida Rox", mas preciso vazar porque tô atrasado para o estágio...

Zico pega no braço do amigo e suplica.

– Tenta descobrir alguma coisa do Medroso, Beto, por favor! Ele só pode estar lá.

– Claro, Zico. Vou achar um jeito. Deixa comigo! Fui!

Beto sai correndo.

Capítulo 16
A descoberta

O prédio imponente da empresa de Jorge, todo espelhado, em meio ao bairro mais nobre da cidade, é considerado o negócio mais moderno da região. Jorge é visto como um Midas por toda a comunidade. Um visionário e benemérito de muitas causas sociais.

Beto chega apressado, passa correndo pelo portão e esbarra em Eurico, que acabou de chegar e está olhando para alguns documentos dentro da pasta.

– Que pressa é essa, meu filho?

CHAMA A BEBEL

– Desculpa pai, me enrolei conversando com a Bebel e quase me atraso...

– Tranquilo, eu também estou atrasado. Tenho uma reunião com o Doutor Jorge e todos os diretores do laboratório daqui a cinco minutos e tenho que preparar o material ainda!

– Reunião? Onde, pai?

– Na sala principal do sexto andar. As reuniões estratégicas são lá. Se você fizer carreira aqui, um dia vai fazer reunião naquela sala!

Beto sorri como se tivesse uma ideia.

– Vamos, Beto, que ainda tenho que passar na minha sala e pegar as pastas para levar na reunião.

– Vai, pai. Só vou conferir uma coisa aqui no celular e já entro. Beijo.

– Bom estágio.

Eurico entra no prédio e Beto olha para os lados antes de tomar a decisão que pode mudar toda a história, mas é preciso ter coragem e sangue frio. Teria? Estava na hora, pensava ele.

✿ ✿ ✿

No sexto andar, Beto sai do elevador e, se esgueirando pelos cantos, vai até a sala principal. Lentamente, ele abre a porta e vê que a sala ainda está vazia. Seu coração parece que vai sair pela boca. Está realmente tenso, mas decidido. Não vai voltar atrás.

Ao mesmo tempo que ele entra na sala do sexto andar, na entrada do prédio, falando ao celular, Doutor Jorge chega cercado de dois assessores. Eles entram e se dirigem ao elevador no interior do prédio.

Na sala de reuniões, Beto procura algum lugar onde possa colocar o celular. Acha no centro da mesa um objeto redondo e profuso, uma espécie de porta-canetas, repleto de canetas, lápis, marca-textos, pincéis. Ele ativa o gravador do celular e coloca o aparelho ali dentro, escondendo-o entre os demais objetos.

No térreo, o elevador chega, e Doutor Jorge entra acompanhado pelos dois assessores. A porta se fecha.

Na sala de reuniões, Beto confere se o celular está gravando áudio.

O elevador para no terceiro andar. Eurico entra, cumprimenta o Doutor Jorge e todos rumam para o sexto andar.

Ao terminar de esconder o celular, Beto ouve passos.

Já no corredor do sexto andar, o grupo sai do elevador. Eurico, Doutor Jorge e mais alguns executivos caminham em direção à sala de reuniões. Perto da porta da sala, há um carrinho de limpeza num canto. Doutor Jorge abre a porta da sala... e vê a sala vazia. Doutor Jorge, Eurico e os outros diretores se sentam à mesa.

No corredor do sexto andar, Beto está espremido entre o carrinho de limpeza e a parede. Quando a porta se fecha, ele se levanta e sai de fininho. Seu coração quase saiu pela boca e ele precisa recuperar o fôlego.

O garoto está orgulhoso da sua coragem e atitude.

❁ ❁ ❁

CHAMA A BEBEL

Bebel está estudando na escrivaninha do seu quarto na casa da tia quando Beto entra sem bater, quase correndo. Bebel se assusta.

– Quer me matar de susto, primo?

Beto mostra o celular para Bebel. Recupera o fôlego.

– Consegui gravar uma reunião da diretoria do laboratório!

Bebel comemora. Ela, que chegou a duvidar do primo, fica extremamente feliz em ver que ele teve determinação.

– Eu sabia que você levava jeito para espião! E o que eles falaram nessa reunião?

Beto pega o celular.

– Ainda não ouvi. Queria ouvir junto com você.

Bebel fica orgulhosa pelo primo ter tido essa consideração com ela. Beto conecta os fones de ouvido no celular e oferece um deles para Bebel ouvir.

A primeira voz reconhecível é de Eurico.

– Doutor Jorge, com todo o respeito, mas não dá mais para usar animais para testar os produtos.

– Ah, não, Eurico? Você sabe o quanto custa o outro método, não sabe?

Um dos assessores fala:

– Todos os países desenvolvidos não testam mais cosméticos em cães.

Jorge reage:

– Falou bem: "países desenvolvidos". Não aqui. Você quer que eu vá à falência?

PAULO NASCIMENTO

Eurico, após tantas experiências negativas no laboratório, decide ser incisivo dentro do limite do possível.

— Se alguém conseguir comprovar que o laboratório ainda testa produtos em animais, o senhor não imagina que o prejuízo pode ser maior ainda?

— Eurico, a gente só pega para teste esses vira-latas sem dono, que ficam na rua. No fundo, a gente faz um bem para a cidade.

Bebel se horroriza com o que acabou de ouvir.

Eurico continua insistindo:

— Uma hora alguém vai descobrir que o laboratório mantém esses cachorros "lá"...

— Essa informação só viria à tona se alguém desta sala abrisse a boca. Não acredito que alguém seja doido de fazer isso – fala Jorge, em tom de ameaça.

CHAMA A BEBEL

Bebel e Beto se encaram sem acreditar no que ouvem.

A gravação termina. Bebel está decidida que eles têm que agir.

– A gente precisa dar um jeito de descobrir onde é esse "lá" que o tio falou, Beto!

Capítulo 17
O plano

Dia seguinte, reunião na biblioteca – o local onde Rox e sua turma não vão. Bebel, Beto e Zico falam baixo.

– Zico, com essa situação que a gente acabou de saber, só um nerd de internet como você pode ajudar. Você consegue instalar um aplicativo espião no celular do Tio Eurico? Assim a gente tem acesso às mensagens dele e descobre esse lugar.

Zico se anima, afinal, com essa informação nova, ele tem certeza de que o Medroso está nesse lugar, o tal "lá" que Eurico falou. Agora não tem mais medo das consequências.

CHAMA A BEBEL

– Deixa comigo. Me dá um tempinho. Beto, vou mandar um link pra você, e aí você encaminha esse link por mensagem ao seu pai. Quando ele clicar no link, o aplicativo vai ser instalado automaticamente e vamos conseguir ler tudo que ele tem no celular.

Agora é Beto quem está preocupado.

– Credo…

Bebel percebe e tenta aliviar a culpa de Beto.

– É pela "causa", primo. Depois a gente desinstala.

Rox, logo ela, entra – talvez pela primeira vez – na biblioteca e se aproxima do grupo. A surpresa é geral. Zico e Beto fecham a cara.

– Atrapalho?

Bebel sorri e mantém a linha leve que tem levado em relação a Rox desde a conversa no pátio da escola.

– Nada!

Rox fala como se Zico e Beto não estivessem ali.

– Bebel, quero te mostrar o que pensei para o nosso evento. Vem comigo?

– Claro.

Elas se afastam. Zico e Beto se olham incrédulos com essa "nova Rox" e a alegria de Bebel em conversar com ela.

✿ ✿ ✿

Já na sala de aula, Beto e Zico estão nos seus lugares. Beto olha o celular e se anima.

– Meu pai já clicou no link!

Zico bate com uma mão na outra.

– Temos acesso ao celular dele!

A empolgação de Beto dá lugar a uma crise de consciência.

– Eu me sinto mal fazendo isso...

– Mal é o que eles fazem, Beto – Zico justifica.

Bebel e Rox entram na sala, rindo. Bebel vai até os meninos e Rox segue para a parte da sala onde estão Aninha, Marcinha e Gabi. Ela fala baixo olhando em direção ao grupo de Bebel e os meninos.

– Essa caipira é mais boba do que eu imaginava...

– Rox, você tem certeza...? – Marcinha tenta defender Bebel.

– Eu tô com pena da Bebel, Rox! – Aninha declara.

Rox ignora e continua no seu tom:

– Deixem de ser chatas. Só vou fazer uma brincadeirinha com ela.

✿ ✿ ✿

Seu Juca varre o pátio em frente à lanchonete. O celular toca. Ele vê que é Bebel e se anima.

– Bebel! Que saudade... Posso ir na cidade, sim. Aconteceu alguma coisa?

Seu Juca desliga o celular e corre em direção ao interior da lanchonete para avisar a filha e pegar a chave da caminhonete.

✿ ✿ ✿

Em tempo recorde, Seu Juca chega até o ponto combinado com Bebel, a praça perto da escola.

CHAMA A BEBEL

Durante toda a viagem, ele só pensava em que a neta estaria pensando (ou aprontando), mas a paixão de avô e neta era tão grande que ele iria a qualquer lugar que ela pedisse.

Seu Juca está diante de Bebel, Zico e Beto. Ele, sentado na escadaria, e os três diante dele como uma plateia. Seu Juca, pensativo, questiona a neta.

– Você quer cuidar do lixo, salvar cães... o que mais você vai querer, Bebel?!

Zico e Beto se olham tipo "de novo", pois já imaginavam que o tema viria. Bebel tem tanta coisa na cabeça, tanta ação que as pessoas se atrapalham às vezes, a começar por Beto e Zico.

– Não vou salvar o mundo, vô, mas vou fazer o que posso. Não dá para ficar de braços cruzados com os bichinhos sendo maltratados desse jeito! Eu tô falando isso desde o início e vocês, "adultos", se fazendo de desentendidos. Agora temos a comprovação, só precisamos ir lá e ver a situação para pensar em uma ação.

Seu Juca fica constrangido com o argumento (verdadeiro) da neta.

– Leva a gente nesse lugar, vô! – insiste Beto.

– Por favor! Meu cachorro tá lá! – Zico aproveita a deixa.

Seu Juca fica reticente. Bebel olha para o avô. Percebe que ele está balançando e decide agir.

– Não foi o senhor que me ensinou que a gente não tem que ter medo de lutar pelo que é certo e justo?

O avô, completamente sem saída, coça a cabeça e decide que não há como negar.

– Eu falo cada coisa e depois... – Todos olham para ele. – Tá bom! Tá bom! Mas como vocês pretendem liberar a cachorrada?

O olhar de Bebel diz tudo. Ela tem um plano. Ninguém sabe, mas ela tem.

O momento é de comemorar. Seu Juca está dentro do plano. Bebel, Zico e Beto abraçam Seu Juca.

Uma hora e 46 minutos depois, a caminhonete já está próxima ao "lá" dito por Eurico. Trata-se de um sítio, em uma área rural, em frente a uma pequena rodovia, todo cercado por muros muito altos e dois seguranças imensos diante do portão de acesso à "fortaleza".

CHAMA A BEBEL

Dentro da caminhonete, observam com um binóculo a entrada do sítio. Queriam descobrir um pouco mais sobre o esquema de segurança no grande portão de ferro.

– Bebel, a gente vai precisar de um milagre para entrar nesse sítio – conclui sabiamente Seu Juca.

– Tem que ter um jeito, vô! – diz Bebel, com sua eterna vontade de que as coisas aconteçam.

Beto e Zico chegam até a janela da caminhonete e acabam dando um susto em Bebel, que conversava com o avô.

– A gente deu toda a volta no sítio e não tem câmeras. Vocês acreditam?

Seu Juca balança a cabeça.

– Claro. Pra não ter perigo de registrarem provas. Vejam como eles dão importância a este lugar, e vocês, três pirralhos, acreditam que vão passar por todo esse aparato de segurança pra libertar os cachorros?

Bebel surpreende a todos com uma ideia que não combinava muito com o momento.

– Sei que vocês vão achar loucura, mas eu acho que a gente tem que contar tudo que descobriu para a Rox e pedir para ela falar com o pai dela. Resolver na diplomacia, na boa.

Até Seu Juca se surpreende, apesar de não comentar nada. Beto chega a ficar irritado.

– Tá doida, Bebel? Você acha que a Rox vai chegar lá e dizer: "Paizinho, liberta os cães que você mantém naquela fortaleza toda", e ele vai sorrir e liberar??

Seu Juca balança a cabeça.

– A Rox mudou, gente! – insiste Bebel.

– Ninguém "comprou" essa transformação da Rox...
– diz Zico.

Seu Juca decide falar.

– Você vai me desculpar, Bebel, mas depois do que vocês ouviram nessa reunião que o Beto gravou, acho impossível o Jorge aceitar simplesmente liberar os cães.

– Mas e a gente faz o que então? – indaga Bebel.

Os três olham para ela surpresos. Seu Juca vai direto ao ponto.

– Vocês me trouxeram até aqui, achei que tinham um plano.

Bebel olha para o vazio. Sente que talvez tenha passado do ponto na sua vontade de resolver a situação. Agora todos esperavam alguma resposta dela e isso era algo que ela realmente não tinha.

Capítulo 18
A noite mais longa...

Pátio da escola, entardecer, pós-aulas, e a garotada pendura luzinhas em cordas iluminadas que dão uma lembrança dos antigos circos. Há toda uma produção, um telão de LED, microfone, sonorização, um pacote completo que dá o ar de uma bela festa.

Bebel segura uma corda cheia de luzinhas enquanto Guga e Paulinho a penduram. Rox também ajuda e faz questão de trocar sorrisos com Bebel.

Zico e Beto, como forma de protesto, não participam da movimentação da turma. Bebel tentou convencê-los de

CHAMA A BEBEL

que, após o evento, Rox vai demonstrar que é outra pessoa e tudo vai acontecer sem precisar correrem riscos.

☼ ☼ ☼

A noite chega, e sobre um pequeno palco, uma banda formada por dois garotos da escola que já fazem sucesso entre a garotada toca uma canção. No alto, junto à escadaria, uma faixa com os dizeres "Evento Beneficente em Prol de Projetos Sustentáveis".

Bebel chega acompanhada de Marieta, Beto e Eurico. Professor Denis se aproxima abrindo espaço com sua cadeira de rodas. Ele olha para Bebel, sorri, olha em volta e pega na sua mão.

– Parabéns, Bebel! Você é uma líder. Nada disso estaria acontecendo se não fosse você.

Bebel sorri. Antes que ela diga alguma coisa, Marieta se adianta e fala com toda a falta de modéstia do mundo.

– Muito obrigada, professor, mas quando falou em liderança, falou com todos nós, porque "liderança" é uma marca, é da natureza da nossa família.

Todos olham para Marieta com um ar de "ah, tá…". Professor Denis contém o riso. Marieta fica sem graça.

– Gente, licença? Vou ali falar com a diretora que acabou de chegar!

Professor Denis se retira e Rox se aproxima de Bebel. Fala em um tom exagerado e nada convincente.

– Chegou a rainha da festa!

Marieta abraça Rox, que se espanta com o gesto.

– Rox! Você está linda, como sempre.

– Você também, dona Marieta.

As duas riem. Marieta continua nas mesuras.

– Que honra estar aqui neste evento lindo que você organizou...

Rox simula ainda mais simpatia afetada.

– Só quero ajudar a Bebel! Ela merece.

– Temos que fazer alguma coisa, não é, gente? – diz Marieta, tentando ser ainda mais simpática.

– Vou dar um rolê. Sejam bem vindos.

Rox se afasta. Marieta olha para o marido.

– Que menina adorável.

Bebel, que olhava toda a cena de amabilidades, faz um comentário:

– Uma pena que o vô e minha mãe não puderam vir...

Marieta dá de ombros como quem diz "tanto faz".

Beto chega e pega a cadeira de rodas de Bebel.

– Vem, Bebel! Vamos falar com o Zico.

Num outro canto do pátio, Rox conversa com Aninha, Marcinha e Gabi.

– Esta noite será inesquecível. Vamos viralizar!

– Que medo de você, Rox – Aninha fala, olhando para Bebel.

– Quero morrer sua amiga – completa Gabi.

– Que coragem... – Marcinha não poderia deixar de comentar.

Perto do palco, Bebel, Zico e Beto confabulam.

CHAMA A BEBEL

– Tô decidida. Depois do evento, vou chamar a Rox e contar tudo que a gente sabe. Ela vai nos ajudar, tenho certeza.

– Bebel, você quer tanto acreditar nisso… Vai me desculpar, mas está enganando você mesma – diz Zico.

– Eu quero mesmo. Sabe por quê? Porque nesse clima de guerra com a Rox a gente tem muitas chances de se ferrar, e com ela do nosso lado a gente vai somar e resolver o problema.

Beto olha para Zico com toda a desconfiança do mundo.

Enquanto Bebel, Zico e Beto conversam, Doutor Jorge chega ao evento. Ao seu lado, a mãe de Rox. Marieta se aproxima.

– Jorge! Quanto tempo?

Doutor Jorge sorri cordialmente para Marieta, mas não lhe dá muita atenção. Passa direto e ela fica como uma estátua à espera de alguma ação. Por mais que tente disfarçar, Marieta murcha.

A diretora sobe no palco e a banda faz uma pausa.

– Boa noite aos presentes. Obrigado por estarem aqui nesta noite tão importante para nossa escola. Eu quero começar chamando ao palco aquele que é um dos responsáveis por esta escola existir. Nosso grande benemérito. Venha até aqui, Doutor Jorge.

Enquanto Jorge se desloca em direção ao palco, no telão de LED passam muitas imagens dele sorrindo, abraçando pessoas – tudo produzido para causar a impressão de um cara muito legal.

Doutor Jorge vai até o palco e se posiciona diante do microfone. Os aplausos são tímidos, com exceção dos de Marieta, extremamente empolgada.

– Boa noite a todos!

Jorge faz um gesto de quem está emocionado. Não é muito convincente, mas é Doutor Jorge em estado puro.

– Quero agradecer a presença e a generosidade de todos que se dispuseram em contribuir com uma causa tão nobre quanto essa. Agradeço a minha querida filha Rox e seus colegas por uma iniciativa tão necessária para o mundo de hoje. Quero anunciar aqui que minha empresa vai financiar dez biodigestores para as escolas da cidade.

Os convidados reagem surpresos. Bebel mal contém a alegria.

– Mais tarde, nós vamos comercializar o gás produzido, logicamente que pagando royalties para as escolas. Eu sempre me preocupo antes com o bem-estar da comunidade, depois com o lucro.

Zico sussurra para Beto.

– Mentiroso…

– Vai ganhar dinheiro até com isso – complementa Beto.

No palco, Jorge continua com seu discurso falsamente emocionado.

– É com muita emoção que chamo minha filha Rox para dizer algumas palavras!

Os convidados aplaudem. Rox sobe no palco. Sorri para todos.

– Tenho certeza de que esta noite vai ficar na memória de todos aqui presentes. Nada disso estaria acontecendo se não fosse a Bebel, que desde o primeiro dia de aula sempre nos enche o... – corrige-se –, sempre nos ensina sobre a importância de repensar nossos hábitos. Venha aqui, Bebel.

Bebel se encaminha até uma rampa que dá acesso ao palco. Rox vai para um canto do tablado montado diante do telão, ficando junto ao pai. Bebel aproxima a cadeira do microfone. Sua expressão é de alguém muito feliz.

– Nem nos meus melhores sonhos eu imaginava que fosse possível engajar tanta gente em torno de um assunto tão importante: a saúde do nosso planeta. Fazer que o lixo que ia para os aterros vire energia e fertilizante, usar canudos de papel, optar por sacolas de pano, reciclar o que descartamos, são atitudes, mudanças de hábitos que vão salvar a Terra e ainda podem gerar emprego. A sustentabilidade não é uma modinha. É um estilo de vida!

Todos aplaudem Bebel. Ela não cabe em si de tanta alegria.

Enquanto Bebel agradece os aplausos, no telão ao fundo entra a imagem de Bebel conversando com Rox no pátio da escola. Naquele momento em que Rox pediu para gravá-la. Bebel surpreende-se com o vídeo. Um mau pressentimento toma conta da sua mente.

O vídeo começa no telão. Bebel fala diretamente para o celular de Rox.

– E é isso, Rox. Com esse dinheiro eu ajudo minha família. Esse é o meu objetivo com essa campanha de arrecadar fundos. É tudo mentira.

Bebel fica paralisada. Há um murmúrio que vem da plateia. Marieta não consegue fechar a boca de tão apavorada que está com o que ouviu.

Rox pega o microfone e vem para a frente do palco. Uma vaia geral começa.

Bebel está paralisada. O público começa a gritar em coro: "Mentirosa. Mentirosa". Rox fala com a voz melosa de alguém injustiçada.

– Sinto muito, gente, mas é minha índole, fui educada pra não deixar nem um crime sem ser denunciado. Bebel está fazendo essa campanha para levantar dinheiro pra ELA! Fico com o coração partido, mas eu preciso falar isso aqui, publicamente. Não seria correto esconder isso de todos que acreditaram, assim como eu, nela. É uma pena, mas as pessoas são o que são.

Bebel pega o microfone da mão de Rox e fala, horrorizada:

– Gente! Isso é uma montagem!!! É fake news! Eu não falei isso! Vocês não podem acreditar nisso!

A essa altura, o público já vaia com toda a força.

Zico e Beto vão até o palco para ajudar Bebel. O som do microfone é cortado e ela fica falando sem ser ouvida.

Bebel afasta as mãos de Zico e Beto, impedindo-os de ajudar. Lágrimas escorrem pelo seu rosto. Ela faz um esforço enorme com a cadeira, que trava no degrau do palco.

Zico e Beto se olham e não tocam na cadeira.

CHAMA A BEBEL

Doutor Jorge pega o microfone da mão da filha.

– Calma, pessoal! Essas coisas acontecem muito no mundo corporativo em que atuo. "Lobo em pele de cordeiro." Uma pena isso estar acontecendo com gente tão jovem, mas tudo é parte do amadurecimento dessa garotada.

Já após a rampa, Professor Denis encara Bebel. Os dois ficam por alguns segundos se olhando. Lágrimas continuam a escorrer do seu rosto, mas ela tenta manter a linha.

Doutor Jorge se aproxima de Bebel, olha para ela e balança a cabeça negativamente. Marieta está chocada com a cena. Eurico está perdido, sem saber como agir.

Beto olha para Doutor Jorge balançando a cabeça em reprovação a Bebel. Pega a cadeira de Bebel. Fala para que Doutor Jorge ouça.

– Vamos embora, Bebel. Não olha pra esse idiota!

Marieta, que está perto, intervém:

– Paulo Roberto! Não foi assim que eu te eduquei. Peça desculpas!

Beto se volta para a mãe.

– Não peço. Você me educou para abaixar a cabeça e agradar quem tem poder, mas eu não sou assim.

Marieta pega Beto pelo braço.

– Vamos para casa agora. Desculpe-nos pelo transtorno, Jorge. Espero que essas molecagens de Beto e Bebel não afetem o trabalho do Eurico no laboratório. Minha família não concorda com o comportamento da minha sobrinha. Vou resolver isso da maneira mais enérgica possível, pode acreditar.

PAULO NASCIMENTO

❁ ❁ ❁

Na sala da casa, Marieta anda de um lado para o outro. Bebel está apática num canto. Beto está sentado próximo à janela e Eurico escorado no balcão. Marieta explode em fúria.

– Estava bom demais para ser verdade, não é mesmo, Dona Maria Isabel? Bem que eu estranhei que a Rox, uma menina tão fina e sofisticada, fosse querer ser amiga de alguém como você...

Beto contraria a mãe.

– Mãe, você não percebe que a Bebel é a única vítima dessa história? Para com isso!

Marieta, que já falava alto, agora passa a gritar.

– Vítima, Paulo Roberto??? Vítimas somos nós!!! Sua priminha querida foi pedir dinheiro para usar em proveito próprio! Que vergonha!!! Por que a Mariana não pediu, se estava em dificuldades financeiras??

– Ela não fez isso – fala Beto.

– Você não venha defender quem não conhece. Olha o vídeo. As imagens falam tudo. Agora sabe Deus o que vai acontecer com o emprego do Eurico...

Eurico, apoiado ainda mais no balcão, fala sem energia nenhuma:

– Para com essa paranoia de que o Jorge vai me demitir, Marieta! Eu faço tudo que ele manda naquele laboratório.

Beto reage lá do outro canto da sala.

– Pois não devia fazer, né, pai? Eu e Bebel já sabemos que o laboratório sequestra cachorros e os mantêm num sítio para usar os bichinhos em testes de cosméticos!

CHAMA A BEBEL

Eurico fica pálido. A fala do filho acentua ainda mais a tensão do ambiente.

– Para de inventar história, Paulo Roberto! Vocês estão loucos, os dois, é isso?

– Eu tenho provas, tá bom? Eu gravei uma reunião que rolou no laboratório em que o Doutor Jorge diz que não pretende parar de usar animais para testes.

Marieta abre a boca no seu estilo de demonstrar estupefação. Caminha em direção ao filho com os olhos em fogo.

– Peraí! Peraí! Então foi por isso que você quis estagiar no laboratório? Para espionar? Meu filho é um delinquente!!!

Beto não baixa o tom. Enfrenta a mãe.

– Eu e Bebel estamos há semanas investigando e levantando provas contra o laboratório.

Marieta parte para cima de Beto.

– Dá esse celular aqui!

Ela joga o celular do filho no chão. Pisa no aparelho várias vezes, até deixá-lo em pedaços. Beto ri da cena. Marieta, descompensada, sapateando no meio da sala, e ninguém reagindo.

– Mãe, a senhora acha que eu já não armazenei essa gravação na nuvem? Acha que está aí, dentro desse aparelho velho? Um bom motivo para eu ganhar um novo.

Marieta vai em direção a Bebel, que está em sua cadeira de rodas, com lágrimas nos olhos e o olhar baixo.

– É tudo culpa sua, Maria Isabel! Você que ficou colocando minhoca na cabeça do seu primo, que já não tem muita coisa lá dentro, aí você se aproveitou da ingenuidade dele e fez isso. Temos um criminoso em casa. Aliás, dois!!

– Bom saber o que você pensa de mim, mãe. Alguém sem nada na cabeça e que a Bebel pode manipular.

Eurico dirige-se à esposa, com uma energia incomum a ele:

– Você não devia ter falado isso, Marieta, não devia.

Marieta rodopia, confusa, furiosa, sem limites, até que Bebel aproxima a sua cadeira de rodas e fala, com toda a tristeza do mundo, porém com dignidade e firmeza:

– Tia, nem se preocupe em me expulsar da sua casa. Já liguei pra minha mãe e ela vem com meu avô me buscar amanhã cedo.

Bebel sai da sala. Beto sai em seguida. Marieta olha para Eurico, que balança lentamente a cabeça.

– Você não tem limites, Marieta. Nunca teve.

Ele também sai e Marieta fica sozinha no centro da sala.

✣ ✣ ✣

CHAMA A BEBEL

No quarto coberto por paredes grafitadas, skate no chão, um videogame já em pouco uso, Beto está deitado na cama com os fones de ouvido. Eurico entra lentamente e se senta junto aos pés da cama. Beto percebe a presença do pai e tira os fones.

– Eu bati, mas você não escutou...

– Veio me dar bronca também?

Eurico aproxima-se mais um pouco na cama de Beto.

– Não. Vim dizer que estou muito orgulhoso de você.

Beto não entende a declaração do pai.

– Você teve coragem de fazer o que eu nunca consegui: enfrentar sua mãe e, de quebra, confrontar o Jorge.

Beto sorri.

– Pai, ainda dá tempo de ajudar a gente e mostrar o canalha que esse Jorge é!

– Beto! Vou contar a você uma coisa "doída". Cada vez que sei que um cão não reage mais às amostras, eu preciso dizer para o departamento que ele não "funciona" mais. Mesmo depois de tantos anos, nunca me acostumei com isso. Continuo sofrendo a cada "diagnóstico" que tenho que dar. Não é fácil, mas foi esse emprego que permitiu que eu comprasse esta casa para nós, que eu sustentasse você e sua mãe... Se eu me rebelar contra o Jorge, vou fazer o que da vida?

Beto olha fixo nos olhos do pai. Um olhar que parece durar uma eternidade.

– Você já devia ter descoberto o que fazer da vida sem ser isso que você faz.

Beto volta a colocar os fones e se vira, dando as costas para o pai. Eurico reflete sobre as palavras do filho. Aquilo o atingira. Ouvir do próprio filho o quanto ele tinha vergonha da atitude do pai era algo que nunca havia passado pela cabeça de Eurico. E o pior? O garoto estava certo.

❂ ❂ ❂

Um andar abaixo, no térreo da casa, Bebel, no seu quarto, olha para a janela. Silenciosa. Está arrasada. Olha para o trevo que ganhou do avô. A seguir, dirige-se até a escrivaninha e começa a juntar os porta-retratos com a foto da mãe, do avô, tudo em meio a lágrimas que insistem em não obedecer à dona e ficarem guardadas. É um momento de muita dor para a garota. Como ela não percebeu que Zico e Beto estavam certos? Como caiu na armadilha de Rox? Sentia-se uma completa idiota naquele momento. Sentia vergonha do avô e da mãe, por mais que eles tenham sido solidários. Como ela caiu em uma armação como aquela? Uma terrível sensação de fracasso, justamente ela, que queria provar para a mãe e o avô que superaria todas as adversidades para estudar, ser alguém relevante diante da turma. E todos os sonhos e planos se encerravam ali, e a culpa era dela. Acreditou que uma pessoa "do mal" poderia estar sendo parceira. Era um aprendizado saber que as pessoas têm camadas e precisamos estar atentos para descobrir quais são. De tudo isso, uma coisa ela tinha certeza de que havia aprendido: criar casca. Uma ferida não cicatriza sem criar casca primeiro, para depois voltar ao normal. É a natureza. É a vida.

CHAMA A BEBEL

❁ ❁ ❁

O dia amanhece. Bebel não conseguiu pregar o olho durante toda a noite. Muitas reflexões para uma cabeça tão jovem, mas tão responsável. Ela precisava se perdoar, mas não era nada fácil. Vivia um misto de ansiedade e tristeza.

Lá fora, no pátio da casa da família de Marieta, Seu Juca coloca as malas de Bebel na caminhonete. Bebel conversa com Beto. O clima é péssimo. Tristeza total.

– Eu acredito em você, Bebel.

– Obrigado, primo, mas talvez seja só você.

– Eu sei que é fake news.

– O problema é que existe muito mais gente que acredita em fake news do que podemos imaginar.

Bebel olha em direção à parte mais alta da casa e Marieta e Mariana conversam. Beto também olha. Não é possível ouvir o que falam.

Mariana demonstra estar furiosa, mas sob controle. Ao longe, Bebel, Beto e Seu Juca observam.

– Foi um erro ter voltado a conviver com você – diz Mariana.

– Você que me procurou, irmãzinha. Não fui eu – responde Marieta com ironia.

– Eu sei. Não devia. Depois de tudo que você fez.

– Eu?? Você é que não sabe perdoar.

A discussão continua sem que Bebel, Beto ou o avô consigam ouvir o que falam.

Capítulo 19
Meu mundo caiu

Seu Juca dirige a caminhonete que se desloca pela estrada rumo à casa. Bebel tem os olhos marejados. Ninguém fala nada. A tristeza de Mariana vinha muito mais da discussão com a irmã; o fato de ter remexido no passado sepultado é que a deixava naquele estado, e não o ocorrido com Bebel na escola. No fundo, havia motivo para felicidade naquele momento, que era levar a filha novamente para casa. Bebel olha para a mãe e para o avô.

Naquele dia descobri algo novo sobre minha família. O motivo de minha mãe e minha tia terem brigado há muitos anos. Quando era bem pequena, meu pai sumira no mundo. Nunca mais voltou. Tia Marieta disse que a culpa era de minha mãe, que nunca reconhecera o "valor do marido". A verdade é que ele não soube conviver com uma filha que não era exatamente como ele imaginava.

A caminhonete para e Seu Juca chega até a frente da lanchonete. Ajuda Bebel a descer. Mariana desce e seu ar continua distante. Fica olhando para a estrada. Bebel olha para ela.

– Não sei por onde meu pai anda nem quero saber. Sei que cresci com todo o amor de uma supermãe e de um superavô. "O que não me pertence não me faz falta."

❀ ❀ ❀

A vida após o evento traumático da escola segue seu rumo.

Bebel estuda sozinha em seu quarto no computador. Mariana conseguiu uma autorização para ela estudar em casa e só fazer as provas presencialmente. Assim, Bebel passou a tirar o dia estudando cada vez mais para tirar dez em tudo. Essa era sua meta, mas, no fundo, ela sentia muita falta dos colegas.

No andar da vida, Zico olha para o biodigestor parado, sem funcionar, e pensa em tudo que aconteceu com Bebel e o quanto a sala de aula ficou vazia com apenas uma ausência. O Professor Denis dá aula e, durante a explicação da matéria, olha para o lugar onde Bebel costumava se sentar. Ele compartilha a falta que Zico e Beto sentem de Bebel.

Em outro momento, Gabi chora na escadaria da escola quando Aninha chega.

– Meu cachorro sumiu, Aninha!

Aninha leva um susto.

– Ai, meu Deus. Eu não vi o Juba agora de manhã…

Gabi olha meio sem entender.

– Juba, meu cachorrinho.

Aninha sai correndo.

Em outro ponto da cidade, Paulinho cola cartazes com a foto do seu cachorro nos postes. Há uma sequência de desaparecimentos de cães na cidade. Após o "desmascaramento" feito por Rox, qualquer possibilidade de questionamento sobre o uso de cães foi por terra. Rox passou a reinar sozinha novamente na sala de aula, sem a incômoda adversária e, pelo jeito, o laboratório incrementou o sequestro de cães.

✿ ✿ ✿

É tarde. Bebel está estudando quando ouve uma batida na porta. Deve ser a mãe com um lanche, pensa ela.

– Pode entrar!

Seu Juca entra caminhando lentamente e com um sorriso no rosto.

– Tem visita para você!

– Visita? Para mim?

– É o que eu disse. Vai duvidar do seu avô agora?

Bebel entra na sala e se surpreende com o que vê. Beto, Zico, Gabi, Paulinho, Guga e Professor Denis estão ali es-

CHAMA A BEBEL

premidos ao redor da mesa. É surpreendente como boa parte da sala de aula cabia naquele ambiente que não era dos maiores na casa de Bebel. Ela fica surpresa.

– Gente, o que está acontecendo?

Todos se olham. Professor Denis é o primeiro a falar.

– Bebel, a gente precisa de você!

Bebel olha em volta, ainda surpresa.

– Oi, né, gente!

Todos respondem um *oi* meio que para cumprir tabela, mas já partem para o assunto, pois a ansiedade é geral.

– Meu cachorro sumiu, o da Gabi também... o da Aninha também, ela nem veio de tão chocada que está – diz Paulinho.

Agora é a vez de Zico também se expressar.

– Tenho certeza de que eles estão com o Medroso no sítio do laboratório... se ainda estiver vivo...

Professor Denis consola Zico, que já começa a se emocionar.

Gabi fala com muita ansiedade também.

– Eu, a Marcinha e a Aninha... a gente sabia que a Rox ia aprontar alguma coisa para você. A gente só não sabia o quê!

Bebel olha no rosto de cada um dos presentes.

– Perdoa a gente, por favor? – diz Marcinha.

Bebel muda de atitude. Fala empolgada:

– Galera, vamos esquecer o passado, certo? O que a Rox fez foi horrível, mas eu não vou deixar que uma pessoa como ela me intimide!

Guga, que até então não havia falado nada, decide fazer o mea-culpa.

– Eu sou quem mais precisa pedir desculpa. Eu editei o vídeo.

Mariana e Seu Juca se olham. Mariana tem vontade de saltar no pescoço de Guga, mas se contém. Guga apressa-se a se justificar.

– Mas já resolvi. Olhem aqui.

Ele mostra o vídeo original no celular, sem as edições, com a fala real de Bebel.

– Já divulguei nas redes sociais o vídeo original.

Todos começam a ver o vídeo.

"E é isso, Rox, eu acredito que com esse dinheiro a gente possa fazer a cidade toda tomar consciência. Assim ajudamos a todos. Sua família, do Zico, do Paulinho, de todos. Eu ajudo minha família preservando o planeta. Esse é o meu objetivo com essa campanha de arrecadar fundos. E dizer que tem gente que acha que o aquecimento global é tudo mentira."

Bebel olha para todos com ar de "viram?". Guga continua:

– A Rox vai me odiar por eu ter divulgado a verdade, mas no fundo eu sei que tô ajudando. Ela não pode viver assim.

– Como você conseguiu fazer essa edição, Guga? – pergunta Bebel.

– Ah, até pra fazer uma fake news a gente tem que ter talento.

Guga ri, orgulhoso. Paulinho chacoalha o ombro dele para que se dê conta da besteira que falou.

CHAMA A BEBEL

Todos se olham à espera da reação de Bebel, que bate com uma mão na outra.

– Chega! Não vamos falar mais nessa fake news. A gente não pode voltar no tempo, Guga, mas a gente sempre pode escrever uma nova história.

Professor Denis saca o celular e mostra um vídeo para Bebel. No vídeo, alunos colocam lixo orgânico no biodigestor.

– Olha isso, Bebel. Depois de ficar parado por um tempo, o projeto do biodigestor voltou a funcionar.

– A cantina da escola só usa canudo de papel, para desespero da Rox, que diz que dá coceira na boca – fala Zico. Todos riem.

Professor Denis fala em tom formal.

– A gente veio aqui para pedir que você volte para a escola.

– Se for por falta de lugar para ficar, você pode ficar lá em casa. Tem um quarto sobrando... Já falei com meus pais – diz uma animada Gabi.

Bebel fica feliz pela receptividade da turma, mas tem vários motivos para não aceitar as propostas.

– Não sei nem o que dizer, gente! Eu adoraria voltar, mas o Doutor Jorge é quem financia aquela escola e não ia querer me ver por lá.

– Mas se a gente conseguir invadir o sítio e mostrar que o laboratório usa animais para testes, muita coisa vai mudar na cidade! – anima-se Zico.

Todos, quase em coro, falam:

– E a gente não pode fazer esse resgate de animais sem você.

Bebel pensa um instante e decide.

– Contem comigo para o que precisarem!

Todos comemoram. Mariana fica apavorada com a concordância da filha.

Capítulo 20
A execução do plano

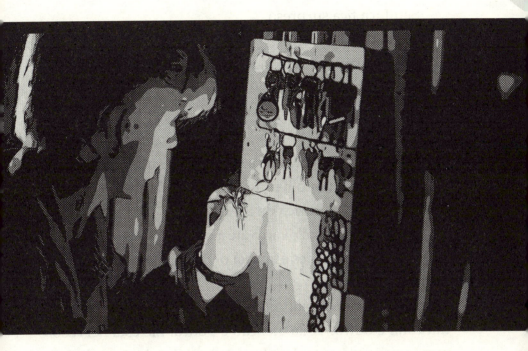

O plano de Bebel começa a acontecer. Ela já tinha tudo na cabeça desde que o evento da fake news acontecera. Por tantas vezes ela visualizara como toda a ação se realizaria. Ela narra para o grupo, atento, como cada um deve agir. Tudo foi minuciosamente estudado pela jovem líder.

– O Tio Eurico topou ajudar a gente… Só que temos que colocar nosso plano em prática num domingo à noite, porque nesse dia só ficam quatro funcionários no sítio. Dois deles na portaria!

A garota prossegue:

CHAMA A BEBEL

– Meu tio inventou uma desculpa para ir ao sítio. E o Beto vai entrar escondido com a ajuda dele.

Todos continuam a escutar, absorvidos.

– É aí que o Vô Juca entra!

Seu Juca fica surpreso.

– Eu?

E Bebel vai contando todo o plano para sua empolgada plateia.

❁ ❁ ❁

A noite chega. Beto entra no banco de trás do carro do pai. Eles trocam um olhar de cumplicidade. Beto se cobre com um cobertor. Eurico dá a partida.

Eurico chega com o carro até a frente dos seguranças do sítio que abriga os cães e abaixa o vidro para se identificar. Chove muito.

Já no interior do sítio, Beto sai do carro e se esgueira entre um canil e outro. Toda atenção é pouca. Ele está nervoso, mas segue em frente. Lembra-se das falas da prima sobre sua parte no plano: "Com as informações do Tio Eurico, Beto vai procurar o galpão onde eles guardam todas as chaves dos cadeados".

Lá fora, ainda debaixo de muita chuva, Seu Juca estaciona a caminhonete em frente à entrada do sítio. Disfarçadamente ele vai até um pneu da caminhonete e murcha-o.

Seu Juca olha em direção aos seguranças e pede ajuda. Eles vêm até ele e ficam ali, ocupados. Não há muito o que fazer em um domingo à noite naquele lugar ermo.

148

"Aí é só pedir para eles ajudarem o senhor a trocar o pneu. Não vão negar ajuda a um senhor sozinho, de noite", dissera a neta.

Lá dentro, Beto, usando uma lanterna, entra em um galpão de madeira mal iluminado. Na parede, vários molhos de chaves. Beto olha para um e outro. Tenta ser rápido. Tinha que aproveitar o tempo de distração dos seguranças, e então pegar as chaves de todas as gaiolas onde estavam presos os cães.

Enquanto os seguranças ajudam Seu Juca, uma Kombi para diante da outra entrada do sítio, localizada a uns duzentos metros daquela em que Seu Juca está. Quem está no volante é Professor Denis. Dela saem Bebel, Zico, Gabi, Marcinha, Guga e Paulinho.

Por dentro, Eurico abre o portão diante deles.

Beto está no galpão. Com as chaves. Vê que a porta começa a ser forçada para alguém entrar. Ele fica nervoso. Encosta-se na parede, vai até a porta e a destranca. Um funcionário entra, olha em volta e não vê Beto, encostado junto à parede. Beto consegue sair e fechar a porta por fora.

O funcionário salta em direção à porta e tenta forçá-la para sair. Beto, do lado de fora, faz um superesforço com o corpo para mantê-la fechada, mas não tem força. Começa a perder a disputa.

Eurico chega correndo. Pega uma tábua e a coloca contra a porta, fazendo uma alavanca.

– Vai, filho, leva as chaves que seguro aqui.

CHAMA A BEBEL

O grupo, liderado por Bebel, passa por várias gaiolas com cães. Beto corre até eles e joga as chaves. Bebel as pega e repassa para Guga.

Com lanternas, o grupo entra no canil e vê os animais presos.

— O Medroso tá ali! — Zico grita, corre até uma das gaiolas e tenta abri-la, mas ninguém acerta a chave no cadeado. A tensão aumenta.

— Aquele é o cachorro da Aninha! — diz Guga.

Bebel, na porta, muito tensa, olha em direção ao pátio e exclama:

— Vamos, genteeeee! Os seguranças estão indo em direção ao galpão e tio Eurico tá lá!

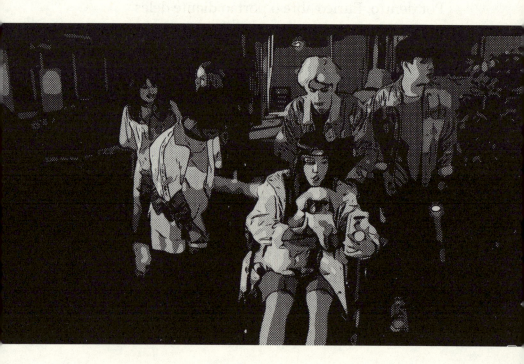

Guga e Paulinho começam a abrir as gaiolas. Em pouco tempo, vários cachorros estão livres. Beto empurra a cadeira de Bebel e Zico leva Medroso pela guia. Bebel leva o cão de Aninha no colo. Andam o mais rápido que podem. Precisam chegar até a estrada. Professor Denis espera com a porta aberta para encherem a Kombi com os cães resgatados. O grupo sabe que muitos ficarão para trás, mas serão resgatados após a denúncia pública do local.

Bebel, Zico, Gabi, Marcinha, Guga e Paulinho saem acompanhados dos cachorros. Eles vão em direção ao portão do sítio.

Bebel, filmando tudo, faz uma *live* em uma rede social.

– O que todo mundo desconfiava é verdade: o laboratório do Doutor Jorge usa animais para testes de cosméticos. Olhem só!!!

O número de usuários que acompanham a *live* aumenta. Bebel mostra para o grupo.

Mariana, na cozinha de casa, acompanha a *live* de Bebel, apavorada, temendo que algo possa acontecer com a filha.

Dentro do carro, no banco de trás, sendo conduzida pelo motorista da família, Rox vê a *live* e grita de ódio.

Os cachorros voltaram para seus donos. E assim tudo aconteceu. Plano e ação nunca foram tão próximos de uma coisa só. Bebel pensou tanto, imaginou tanto que as coisas ocorreram sem nenhum erro. Os riscos foram altos, mas os resultados foram além do que todos imaginavam. Doutor Jorge estava desmascarado.

CHAMA A BEBEL

Para aqueles que não tinham um tutor, foi feita uma campanha nas redes e todos foram adotados.

Todos encontraram um lar.

Capítulo 21
Pós-plano

Na sede da empresa, tentando conter o constrangimento, Doutor Jorge conversa com repórteres.

— Eu sou o maior interessado em descobrir quem é o responsável por sequestrar cachorrinhos e usar os coitadinhos em testes!

Os repórteres se olham. Um deles insiste:

— Mas Doutor Jorge, há um áudio circulando nas redes sociais em que o senhor afirma que o laboratório tem que continuar usando animais em testes...

Jorge fica surpreso, mas logo se recompõe e parte para o ataque.

– Isso é fake news. Não falo mais! Não falo mais!!!

Irritado, levanta-se e encerra a entrevista.

Canais de TV, sites, redes sociais, todos noticiam sobre a libertação dos cães. Alguns são contrários, ressaltam a invasão de propriedade privada, mas a grande maioria apoiou a ação em defesa dos animais.

Algumas manchetes mostram Bebel. Uma delas dizia:

"Uma garota desponta como liderança pela luta dos direitos dos animais e defesa do planeta sustentável.

'A repercussão foi muito maior do que a gente esperava. Era como se todos quisessem falar sobre isso, mas não tinham tido coragem ainda.'"

Na sede da empresa, Doutor Jorge olha para Eurico e entrega um documento a ele.

Eurico lê, balança a cabeça afirmativamente, vira as costas para Doutor Jorge e sai sorrindo, aliviado. Estava fora do sistema que fez parte da sua vida por tanto tempo. O alívio era imenso.

– Muitas mudanças acabaram acontecendo na minha família. O sistema existente pode mudar, mas se vinga.

No jardim da casa da família de Beto, ao lado da piscina, Marieta discute com Eurico. A discussão é áspera, e, portanto, não vale a pena ser transcrita aqui.

O que sabemos é que a consequência foi que Eurico saiu com duas malas e entrou no carro. Ele não olhou para trás. Ficava ali a casa, a piscina, os tempos em que viveu fazendo tudo que Doutor Jorge mandava e, sem saber, magoava o filho.

Lá dentro, Marieta, de cabeça baixa, sentada no meio da sala, tentava entender a nova realidade.

Uma placa "Vende-se" é colocada sobre a grama do jardim.

O tempo passou. Na cozinha de um apartamento pequeno, Beto e Bebel, sentados ao redor de uma mesa de fórmica simples, são servidos por Seu Juca, que está de avental e oferece uma apetitosa massa para os dois.

As famílias se juntaram e alugaram um apartamento pequeno para os primos continuarem estudando. Seu Juca passou a ser o responsável por Bebel e Beto durante a semana. Tia Marieta foi fazer uma viagem para descansar e se reencontrar.

Bebel chega à escola junto com Beto. Ela é ovacionada pela turma. Professor Denis a recebe com um largo sorriso.

Eu voltei para a escola. Doutor Jorge não tinha argumentos para me proibir. Doou três biodigestores. Sabia que sua imagem estava arranhada.

CHAMA A BEBEL

Bebel passa por Rox, que está isolada num canto. Elas se olham. Bebel sorri, mas Rox vira a cara. Na verdade, o sorriso de Bebel era uma resposta a tudo que Rox havia feito contra ela naquela escola.

Doutor Jorge faz uma coletiva de imprensa.

– Nossa empresa, com preocupação permanente com a modernidade, está usando testes em peles artificiais produzidas em laboratórios.

Na marra ou não, o que importa é que as coisas pareciam mudar.

Na sede da empresa de Jorge, executivos estavam sentados à mesa de reuniões. Na cabeceira, o empresário fala com energia para a diretoria:

– Não adianta vocês insistirem. Os custos desse novo modelo de testes são altíssimos. Não sei se nossa empresa sobrevive a isso.

– Mas é o padrão mundial hoje – diz um dos executivos, mais corajoso.

– Pode ser, mas eu não concordo. Não con-cor-do.

– E o que o senhor pretende fazer? – insiste o executivo, já temendo ser demitido.

Doutor Jorge faz um leve movimento com a cabeça. Respira fundo. Faz uma teatralidade nos movimentos.

– Preciso pensar. Podem sair, por favor.

Todos levantam e saem. Doutor Jorge sorri levemente. Fala olhando a própria imagem refletida na mesa de reuniões.

– Não posso abrir mão dos cães...

Mesmo após todo o desgaste que sua empresa e sua imagem sofreram diante da opinião pública, essa era sua conclusão.

As coisas pareciam mudar. *Pareciam...*

❁ ❁ ❁

Em frente à lanchonete, no posto de gasolina, Eurico descarrega mercadorias do carro estacionado com o porta-malas aberto. Mariana vem para ajudá-lo.

Meu tio Eurico descobriu o prazer de viver na simplicidade e sem a pressão do mundo corporativo. Virou sócio da minha mãe na lanchonete. Era uma mudança radical na vida dele, mas precisava aliviar toda a tensão que passou nos anos dentro da empresa do Doutor Jorge.

Sexta-feira, final da tarde, a velha caminhonete para e descem Seu Juca e Beto, que já pega a cadeira de Bebel que está na carroceria.

Mariana e Eurico correm em direção a eles de braços abertos. A felicidade e a leveza fazem parte daquele ambiente, contrastando com toda a tensão que todos ali haviam experimentado nos últimos tempos. Agora o sentido de família existia na proximidade de todos, na vontade de estarem juntos, na compreensão das diferenças e no pensamento de que é possível viver com pouco, mas com sentimentos verdadeiros, reais, sem aparências ou futilidades, afinal, existe um desafio diário a ser cumprido.

❁ ❁ ❁

CHAMA A BEBEL

No seu quarto, Bebel para em frente aos cartazes com Greta. Aqueles que estão ali há tanto tempo na sua vida. Por algum motivo, hoje eles parecem diferentes. Parecem fazer muito mais sentido. Bebel olha para os cartazes por um tempo e sorri. Sente-se em paz.

Essa sou eu. Uma garota que acredita que pode mudar o mundo. Duvidam?

E assim Bebel continua sua luta por um mundo melhor para todos. Um mundo possível diante de tantas injustiças, cobiça, falta de consciência e egoísmo. Um mundo melhor não acontecerá por uma decisão gigantesca da humanidade, mas por pequenas decisões que cada um pode tomar no seu dia a dia.

Epílogo

Encerramos esta história com duas notícias reais que valem a pena serem citadas aqui:

Em 2013, no interior de São Paulo, ativistas libertaram cães que eram usados para testes em laboratório. Em muitos casos, os cães eram sacrificados antes de completarem um ano de vida. Somente em 2023 os testes em animais foram proibidos no Brasil.

Em 2022, a escola Alfredo Scherer, em Venâncio Aires, no interior do Rio Grande do Sul, passou a transformar sobras de lixo orgânico em gás e fertilizantes.

Foram instalados biodigestores que impediram que quase duas toneladas de lixo fossem parar nos aterros.

Isso não é ficção. É vida real. São ações do bem buscando uma sociedade mais justa e igualitária para todos.

Que se descubra uma Bebel em cada cidade, em cada escola, em cada vontade de mudar o mundo.

Não temos planeta B.

Livros para mudar o mundo. O seu mundo.

Para conhecer os nossos próximos lançamentos
e títulos disponíveis, acesse:

🌐 www.**citadel**.com.br

f /**citadeleditora**

📷 **@citadeleditora**

🐦 **@citadeleditora**

▶️ Citadel – Grupo Editorial

Para mais informações ou dúvidas sobre a obra,
entre em contato conosco por e-mail:

✉️ contato@**citadel**.com.br